我的心涂上了月的光明

沈从文 著

天地出版社 | TIANDI PRESS

出 版 说 明

沈从文是中国著名作家，1924年开始从事文学创作，曾两度提名诺贝尔文学奖，被誉为20世纪中国文学"无冕之王"。他的作品，满是自然的美丽、生命的美好、人性的纯粹，同时不乏对人生的思考。

本次出版的系列图书，经沈从文之子沈龙朱授权、审定，精选沈从文80篇经典作品，分为三册，从多方面展现了他真实、丰富、多彩的人生。其中，《我在阳光下往返春天》21篇，讲述人间烟火事、湘水多情人等，记录生活的美好与温暖；《风的去处便是我的去处》30篇，通过对人生经历、爱情等的描写，展现年轻人对梦想与爱的孜孜追求；《我的心涂上了月的光明》29篇，讲述作者南下返乡，一路所见的人、事、物，抒发对自然生命的感悟、对妻子的深刻思念。沈从文以古朴浪漫的语言，以生动细腻的笔触，展现了湘西世界的自然风光与人文风情，满是自然和人性之美，给人们的心灵开辟了一方净土。

由于沈从文作品基本作于民国时期，语言描写具有鲜明的时代特色，编辑在加工处理时，以呈现原汁原味的沈从文作品为原则，尽量保留作者原本的行文用字，如"熟习""希奇""年青"等；个别难以理解的词语则以脚注形式进行注释。另外，每篇文末尽可能注明写作时间和原文出处，方便读者了解其背景。

本系列图书主要参校以下几个版本：

一、民国时期出版的作品集，如《长河》《鸭子》《入伍后》《烛虚》等。

二、人民文学出版社出版的作品集，如《沈从文散文》《边城　湘行散记》《从文自传》等。

三、四川人民出版社出版的《沈从文选集》（全五卷），沈从文研究专家凌宇编选。

四、岳麓书社出版的《沈从文别集》，沈虎雏编选，包括《湘行集》《凤凰集》《边城集》等二十种。

目 录

第一章 慢慢湘行记

一个戴水獭皮帽子的朋友 / 003

桃源与沅州 / 013

鸭窠围的夜 / 022

一九三四年一月十八 / 031

一个多情水手与一个多情妇人 / 040

箱子岩 / 053

老伴 / 061

虎雏再遇记 / 070

第二章 人间不了情

由达园致张兆和 / 083

泊曾家河——三三专利读物 / 091

水手们——三三专利读物 / 093

鸭窠围清晨 / 098

滩上挣扎 / 103

潭中夜渔 / 111

历史是一条河 / 114

感慨之至 / 117

第三章 那些可爱的人

沅陵的人 / 123

摘橘子——黑中俏和枣子脸 / 139

一个老战兵 / 157

姓文的秘书 / 163

辰河小船上的水手 / 169

一个爱惜鼻子的朋友 / 180

第四章 念念故人情

文学作家中的胖子 / 195

孙大雨 / 202

三年前的十一月二十二日 / 207

记慕威廉女士 / 215

不毁灭的背影 / 221

我所见到的司徒乔先生 / 230

忆翔鹤——二十年代前期同在北京我们一段生活的点点滴滴 / 235

第一章
慢慢湘行记

有人称他为豪杰,也有人叫他做坏蛋。但不妨事,把两种性格两个人格拼合拢来,这人才真是一个活鲜鲜的人!

一个戴水獭皮帽子的朋友

我由武陵（常德）过桃源时，坐在一辆新式黄色公共汽车上。车从很平坦的沿河大堤公路上奔驰而去，我身边还坐定了一个懂人情有趣味的老朋友，这老友正特意从武陵县伴我过桃源县。他也可以说是一个"渔人"，因为他的头上，戴的是一顶价值四十八元的水獭皮帽子，这顶帽子经过沿路地方时，却很能引起一些年青娘儿们注意的。这老友是武陵地域中心春申君墓旁杰云旅馆的主人。常德、河洑、周溪、桃源，沿河近百里路以内"吃四方饭"的标致娘儿们，他都特别熟习；许多娘儿们也就特别熟习他那顶水獭皮帽子。但照他自己说，使他迷路的那点年龄业已过去了，如今一切已满不在乎，白脸长眉毛的女孩子再不使他心跳，水獭皮帽子，也并不需要娘儿们眼睛放光了。他今年还只三十五岁。十年前，在这一带地方凡有他撒野机会时，他从不放过那点机会。现在既已规规矩矩作了一个大旅馆的大老板，童心业已失去，就再也不胡闹了。当他二十五岁左右时，大约就有过四十左右女人净白的胸膛被他亲近过。我坐在这样一个朋友的身边，想起国内无数中学生，在国文班上很认真的读陶靖节[①]《桃花源记》情形，真觉得十分好笑。同这样一个朋友坐了汽车到桃源去，似乎太幽默了。

朋友还是个爱玩字画也爱说野话的人。从汽车眺望平堤远处，薄雾里错落有致的平田、房子、树木，全如敷了一层蓝灰，一切极爽心悦目。汽车在大堤上跑去，又极平稳舒服。朋友口中糅合了雅兴与俗趣，带点儿惊讶嚷道：

"这野杂种的景致，简直是画！"

"自然是画！可是是谁的画？"我说，"牯子[②]大哥，你以为是谁的画？"我意思正想考问一下，看看我那朋友对于中国画一方面的知识。

他笑了。"沈石田这狗养的，强盗一样好大胆的手笔！"说时还用手比划着，"这里一笔，那边一扫，再来磨磨蹭蹭，十来下，成了。"

我自然不能同意这种赞美，因为朋友家中正收藏了一个

[①] 陶靖节：即陶渊明（约365—427），名潜，字元亮，别号五柳先生，私谥"靖节"，世称靖节先生。——本书注释均为编者所加

[②] 牯子：即公牛。

沈周手卷，姓名真，画笔并不佳，出处是极可怀疑的。说句老实话，当前从窗口入目的一切，潇洒秀丽中带点雄浑苍莽气概，还得另外找寻一句恰当的比拟，方能相称啊。我在沉默中的意见，似乎被他看明白了，他就说：

"看，牯子老弟你看，这点山头，这点树，那一片林梢，那一抹轻雾，真只有王麓台①那野狗干的画得出。因为他自己活到八九十岁，就真像只老狗。"

这一下可被他"猜"中了。我说：

"这一下可被你说中了。我正以为目前远远近近风物极和王麓台卷子相近；你有他的扇面，一定看得出。因为它很巧妙的混合了秀气与沉郁，又典雅，又恬静，又不做作。不过有时笔不免脏脏的。"

"好，有的是你这文章魁首的形容！人老了，不大肯洗脸洗手，怎么不脏？"接着他就使用了一大串野蛮字眼儿，把我喊作小公牛，且把他自己水獭皮帽子向上翻起的封耳，拉下来遮盖了那两只冻得通红的耳朵，于是大笑起来了。仿佛第一次所说的话，本不过是为了引起我对于窗外景致注意而说，如今见我业已注意，充满兴趣的看车窗外离奇景色，他便很快乐的笑了。

---

① 王麓台：即王原祁（1642—1715），字茂京，号麓台、石师道人，太仓（今属江苏）人，清代画家。

他掣着我的肩膊很猛烈的摇了两下,我明白那是他极高兴的表示。我说:

"牯子大哥,你怎么不学画呢?你一动手,就会弄得很高明的!"

"我讲,牯子老弟,别丢我罢。我也像是一个仇十洲①,但是只会画妇人的肚皮,真像你说,'弄得很高明'的!你难道不知道我是个什么人吗?鼻子一抹灰,能冒充绣衣哥吗?"

"你是个妙人。绝顶的妙人。"

"绣衣哥,得了,什么庙人、寺人,谁来割我的××?我还预备割掉许多男人的××,省得他们装模作样,在妇人面前露脸!我讨厌他们那种样子!"

"你不讨厌的。"

"牯子老弟,有的是你这绣衣哥说的。不看你面上,我一定要……"

这个朋友言语行为皆粗中有细,且带点儿妩媚,可算得是个妙人!

这个人脸上不疤不麻,身个儿比平常人略长一点,肩膊宽宽的,且有两只体面干净的大手,初初一看,可以知道他是

---

① 仇十洲:即仇英(约1501—约1551),字实父,号十洲,太仓(今属江苏)人,明代画家。

个军队中吃粮子上饭跑四方人物，但也可以说他是一个准绅士。从五岁起就欢喜同人打架，为一点儿小事，不管对面的一个大过他多少，也一面辱骂一面挥拳打去。不是打得人鼻青脸肿，就是被人打得满脸血污。但人长大到二十岁后，虽在男子面前还常常挥拳比武，在女人面前，却变得异常温柔起来，样子显得很懂事怕事。到了三十岁，处世便更谦和了。生平书读得虽不多，却善于用书，在一种近于奇迹的情形中，这人无师自通，写信办公事时，笔下都很可观。为人性情又随和又不马虎，一切看人来，在他认为是好朋友的，掏出心子不算回事；可是遇着另外一种老想占他一点儿便宜的人呢，就完全不同了。——也就因此在一般人中他的毁誉是平分的；有人称他为豪杰，也有人叫他做坏蛋。但不妨事，把两种性格两个人格拼合拢来，这人才真是一个活鲜鲜的人！

十三年前我同他在一只装军服的船上，向沅水上游开去，船当天从常德开头，泊到周溪时，天已快要夜了。那时空中正落着雪子，天气很冷，船顶船舷都结了冰。他为的是惦念到岸上一个长眉毛白脸庞小女人，便穿了崭新绛色缎子的猞猁皮马褂，从那为冰雪冻结的大小木筏上慢慢的爬过去，一不小心便落了水，一面大声嚷"牯子老弟，这下我可完了"，一面还是笑着挣扎。待到努力从水中挣扎上船时，全身早已为冰冷的水弄湿了。但他换了一件新棉军服外套后，却依然很高兴的从木筏上爬拢岸边，到他心中惦念那个女人身边去了。三年前，我因送一个朋友①的孤雏转回湘西时，就在他的旅馆中，看了他的藏画一整天。他告我，有幅文徵明的山水，好得很，终于被一个小婊子婆娘攫走，十分可惜。到后一问，才知道原来他把那画卖了三百块钱，为一个小娼妇点蜡烛挂了一次衣。现在我又让那个接客的把行李搬到这旅馆中来了。

见面时我喊他："牯子大哥，我又来了，不认识我了吧。"

他正站在旅馆天井中分派用人抹玻璃，自己却用手抹着那顶绒头极厚的水獭皮帽子，一见到我就赶过来用两只手同我握手，握得我手指酸痛，大声说道："咳，咳，你这个小骚牯子又来了，什么风吹来的？妙极了，使人正想死你！"

"什么话，近来心里闲得想到北京城老朋友头上来了吗？"

"什么画，壁上挂，——当天赌咒，天知道，我正如何念你！"

这自然是一句真话，粮子上出身的人物，对好朋友说谎，原看成为一种罪恶。他想念我，只因为他新近花了四十块钱，买得一本倪元璐②所摹写的武侯前后《出师表》。他既不知道这东西是从岳飞石刻《出师表》临来的，末尾那两颗巴掌大的朱红印记，把他更弄糊涂了。照外行人说来，字既然写得极其"飞舞"，四百也不觉得太贵，他可不明白那个东西应有的

---

① 一个朋友：指丁玲。
② 倪元璐：字玉汝，号鸿宝，浙江上虞人，明末画家。

第一章　慢慢湘行记

价值，又不明出处。花了那一笔钱，从一个川军退伍军官处把它弄到手，因此想着我来了。于是我们一面说点十年前的有趣野话，一面就到他的房中欣赏宝物去了。

这朋友年青时，是个绿营中正标守兵名分的巡防军，派过中营衙门办事，在花园中栽花养金鱼。后来改作了军营里的庶务，又作过两次军需，又作过一次参谋。时间使一些英雄美人成尘成土，把一些傻瓜坏蛋变得又富又阔；同样的，到这样一个地方，我这个朋友，在一堆倏然而来悠然而逝的日子中，也就做了武陵县一家最清洁安静的旅馆主人，且同时成为爱好古玩字画的"风雅"人了。他既收买了数量可观的字画，还有好些铜器与瓷器，收藏的物件泥沙杂下，并不如何希罕。但在那么一个小小地方，在他那种经济情形下，能力却可以说尽够人敬服了。若有什么风雅人由北方或由福建广东，想过桃源去看看，从武陵过身时，能泰然坦然把行李搬进他那个旅馆去，到了那个地方，看看过厅上的芦雁屏条，同长案上一切陈设，便会明白宾主之间实有同好，这一来，凡事皆好说了。

还有那向湘西上行过川黔考察方言歌谣的先生们，到武陵时最好就是到这个旅馆来下榻。我还不曾遇见过什么学者，比这个朋友更能明白中国格言谚语的用处。他说话全是活的，即便是诨话野话，也莫不各有出处，言之成章。而且妙趣百出，庄谐杂陈。他那言语比喻丰富处，真像是大河流水，永无穷尽。在那旅馆中住下，一面听他詈骂用人，一面使我就想起在北京城圈里编《国语大辞典》的诸先生，为一句话一个字的用处，把《水浒传》《金瓶梅》《红楼梦》……以及其他所有元明清杂剧小说翻来翻去，剪破了多少书籍！若果他们能够来到这旅馆里，故意在天井中撒一泡尿，或装作无心的样子，把些瓜果皮壳脏东西从窗口随意抛出去，或索性当着这旅馆老板面前，作点不守规矩缺少理性的行为。好，等着你就听听那作老板的骂出希奇古怪字眼儿，你会觉得原来这里还搁下了一本活生生大辞典！倘若有个社会经济调查团，想从湘西弄到点材料，这旅馆也是最好下榻的处所。因为辰河沿岸码头的税收、烟价、妓女，以及桐油、朱砂的出处行价，各个码头上管事的头目姓名脾气，他知道的也似乎比县衙门里"包打听"还更清楚。——他事情懂得多哩！

只因我已十多年不再到这条河上，一切皆极生疏了，他便特别热心，答应伴送我过桃源，为我租雇小船，照料一切。

十二点钟我们从武陵动身，一点半钟左右，汽车就到了桃源县停车站。我们下了车，预备去看船时，几件行李成为极麻烦的问题了。老朋友说，若把行李带去，到码头边叫小划子时，那些吃水上饭的人，会"以逸待劳"，把价钱放在一个高点上，使我们无法对付。若把行李寄放到另外一个地方，空手去看船，我们便又"以逸待劳"了。我信任了老朋友的主张，照他的意思，一到桃源站，我们就把行李送到一个卖酒曲的人家去。到了那酒曲铺子,拿烟的是个四十岁左右的中年胖妇人,他的干亲家。倒茶的是个十五六岁的白脸长身头发黑亮亮的女孩子,腰身小,嘴唇小,眼目清明如两粒水晶球儿,见人只是转个不停。论辈数,说是干女儿呢。坐了一阵,两人方离开那人家洒着手下河边去。在河街上一个旧书铺里,一帧无名氏的山水小景牵引了他的眼睛,二十块钱把画买定了,再到河边去看船。船上人知道我是那个大老板的熟人,价钱倒很容易说妥了。来回去让船总写保单,取行李,一切安排就绪,时间已快到半夜了。我那小船明天一早方能开头,我就邀他在船上住一夜。他却说酒曲铺子那个十五年前老伴的女儿,正炖了一只母鸡等着他去消夜。点了一段废缆子,很快乐的跳上岸摇着晃着匆匆走去了。

他上岸从一些吊脚楼柱下转入河街时,我还听到河街一哨兵喊口号,他大声答着"百姓",表明他的身分。第二天天刚发白,我还没醒,小船就已向上游开动了。大约已经走了三里路,却听得岸上有个人喊我的名字,沿岸追来,原来是他从热被里脱出赶来送我的行的。船傍了岸。天落着雪。他站在船头一面抖去肩上雪片,一面质问弄船人,为什么船开得那么早。

我说:"牯子大哥,你怎么的,天气冷得很,大清早还赶来送我!"

他钻进舱里笑着轻轻的向我说:"牯子老弟,我们看好了的那幅画，我不想买了。我昨晚上还看过更好的一本册页！"

"什么人画的？"

"当然仇十洲。我怕仇十洲那杂种也画不出。牯子老弟，好得很……"话不说完他就大笑起来。我明白他话中所指了。

"你又迷路了吗？你不是说自己年已老了吗？"

"到了桃源还不迷路吗？自己虽老别人可年青？牯子老弟，你好好的上船吧，不要胡思乱想我的事情，回来时仍住到我的旅馆里，让我再照料你上车吧。"

"一路复兴，一路复兴"，那么嚷着，于是他同豹子一样，一纵又上了岸，船就开了。

选自《湘行散记》，开明书店一九四六年十月版

桃源与沅州

全中国的读书人,大概从唐朝以来,命运中注定了应读一篇《桃花源记》,因此把桃源当成一个洞天福地。人人皆知道那地方是武陵渔人发现的,有桃花夹岸,芳草鲜美。远客来到,乡下人就杀鸡温酒,表示欢迎。乡下人都是避秦隐居的遗民,不知有汉朝,更无论魏晋了。千余年来读书人对于桃源的印象,既不怎么改变,所以每当国体衰弱发生变乱时,想做遗民的必多,这文章也就增加了许多人的幻想,增加了许多人的酒量。至于住在那儿的人呢,却无人自以为是遗民或神仙,也从不曾有人遇着遗民或神仙。

桃源洞离桃源县二十五里。从桃源县坐小船沿沅水上行,船到白马渡时,上南岸走去,忘路之远近乱走一阵,桃花源就在眼前了。那地方桃花虽不如何动人,竹林却很有意思。如椽如柱的大竹子,随处皆可发现前人用小刀刻划留下的诗歌。

新派学生不甘自弃，也多刻下英文字母的题名。竹林里间或潜伏一二蓽径壮士，待机会霍地从路旁跃出，仿照《水浒传》上英雄好汉行为，向游客发个利市，使人措手不及，不免吃点小惊。桃源县城则与长江中部各小县城差不多，一入城门最触目的是推行印花税与某种公债的布告。城中有棺材铺，官药铺，有茶馆酒馆，有米行脚行，有和尚道士，有经纪媒婆，庙宇祠堂多数为军队驻防，门外必有个武装同志站岗。土栈烟馆既照章纳税，就受当地军警保护。代表本地的出产，边街上有几十家玉器作，用珉石染红着绿，琢成酒杯笔架等物，货物品质平平常常，价钱却不轻贱。另外还有个名为"后江"的地方，住下无数公私不分的妓女，很认真经营她们的职业。有些人家在一个菜园平房里，有些却又住在空船上，地方虽脏一点倒富有诗意。这些妇女使用她们的下体，安慰军政各界，且征服了往还沅水流域的烟贩，木商，船主，以及种种因公出差过路人。挖空了每个顾客的钱包，维持许多人生活，促进地方的繁荣。一县之长照例是个读书人，从史籍上早知道这是人类一种最古的职业，没有郡县以前就有了它，取缔既与"风俗"不合，且影响到若干人生活，因此就很正当的定下一些规章制度，向这些人来抽收一种捐税（并采取了个美丽名词叫作"花捐"），把这笔款项用来补充地方行政，保安，或城乡教育经费。

桃源既是个有名地方，每年自然就有许多"风雅"人，心慕古桃源之名，二三月里携了《陶靖节集》与《诗韵集成》等参考资料和文房四宝，来到桃源县访幽探胜。这些人往桃源洞赋诗前后，必尚有机会过后江走走。由朋友或专家引导，这家那家坐坐，烧盒烟，喝杯茶。看中意某一个女人时，问问行市，花个三元五元，便在那龌龊不堪万人用过的花板床上，压着那可怜妇人胸膛放荡一夜。于是纪游诗上多了几首无题艳遇诗，"巫峡神女""汉皋解珮""刘阮天台"等等典故，一律被引用到诗上去。看过了桃源洞，这人平常若是很谨慎的，自会觉得应当即早过医生处走走，于是匆匆的回家了。至于接待过这种外路"风雅"人的神女呢，前一夜也许陆续接待过了三个麻阳船水手，后一夜又得陪伴两个贵州省牛皮商人。这些妇人照例说不定还被一个散兵游勇，一个县公署执达吏，一个公安局书记，或一个当地小流氓长时期包定占有，客来时那人往烟馆过夜，客去后再回到妇人身边来烧烟。

妓女的数目占城中人口比例数不小。因此仿佛有各种原因，她们的年龄都比其他大都市更无限制。有些人年在五十以上，还不甘自弃，同十六七岁孙女辈行来参加这种生活斗争，每日轮流接待水手同军营中火夫。也有年纪不过十四五岁，乳臭尚未脱尽，便在那儿服侍客人过夜的。

她们的技艺是烧烧鸦片烟，唱点流行小曲，若来客是粮子上跑四方人物，还得唱唱军歌党歌，和时下电影明星的新歌，应酬应酬，增加兴趣。她们的收入有些一次可得洋钱二十三十，有些一整夜又只得一块八毛。这些人有病本不算一回事。实在病重了，不能做生意挣饭吃，间或就上街走到西药房去打针，六零六、三零三扎那么几下，或请走方郎中配副药，朱砂茯苓乱吃一阵，只要支持得下去，总不会坐下来吃白饭。直到病倒了，毫无希望可言了，就叫毛伙用门板抬到那类住在空船中孤身过日子的老妇人身边去，尽她咽最后那一口气。死去时亲人呼天抢地哭一阵，罄所有请和尚安魂念经，再托人赊购副四合头棺木，或借"大加一"①买副薄薄板片，土里一埋也就完事了。

桃源地方已有公路，直达号称湘西咽喉的武陵（常德），每日都有八辆十辆新式载客汽车，按照一定时刻在公路上奔驰。距常德约九十里，车票价钱一元零。这公路从常德且直达湖南省会的长沙，汽车路程约四小时，车票价约六元。公路通车时，有人说这条公路在湘省经济上具有极大意义，意思是对于黔省出口特货运输可方便不少。这人似乎不知道特货过境每次必三百担五百担，公路上一天不过十几辆汽车来回，若非特货再加以精制，每天能运输多少？关于特货的精制，在各省严厉禁烟宣传中，平民谁还有胆量来作这种非法勾当。假若在桃源县某种铺子里，居然有人能够设法购买一点黄色粉末药物，作为谈天口气，随便问问，就会弄明白那货物的来

---

① 大加一：一种利率与贷款等额的高利贷。

第一章　慢慢湘行记

源是有来头的。信不信由你，大股东中大头脑有什么"龄"字辈"子"字辈，还有沿江之督办，上海之闻人。且明白出产地并不是桃源县城，沿江上行五十多里，有二十部机器日夜加工，运输出口时或用轮船直往汉口，却不需借公路汽车转运长沙。

真可称为桃源名产值得引人注意的，是家鸡同鸡卵，街头巷尾无处不可以发现这种冠赤如火、庞大庄严的生物，经常有重达一二十斤的。凡过路人初见这地方鸡卵，必以为鸭卵或鹅卵。其次，桃源有一种小划子，轻捷，稳当，干净，在沅水中可称首屈一指。一个外省旅行者，若想到湘西的永绥、乾城、凤凰研究湘边苗族的分布状况，或想从湘西往四川的酉阳、秀山调查桐油的生产，往贵州的铜仁调查朱砂水银的生产，往玉屏调查竹料种类，注意造箫制纸的手工业生产情况，皆可在桃源县魁星阁下边，雇妥那么一只小船，沿沅水溯流而上，直达目的地，到地时取行李上岸落店，毫无何等困难。

一只桃源小划子上只能装载一二客人。照例要个舵手，管理后梢，调动船只左右；张挂风帆，松紧帆索，捕捉河面山谷中的微风；放缆拉船，量渡河面宽窄与河流水势，伸缩竹缆。另外还要拦头工人，上滩下滩时看水认容口，出事前提醒舵手躲避石头、恶浪与洑流，出事后点篙子需要准确，稳重。这种人还要有胆量，有气力，有经验，张帆落帆都得很敏捷的及时拉桅下绳索。走风船行如箭时，便蹲坐在船头上吆喝呼啸，嘲笑同行落后的船只。自己船只落后被人嘲骂时，还要回骂；人家唱歌也得用歌声作答。两船相碰说理时，不让别人占便宜。动手打架时，先把篙子抽出拿在手上。船只逼入急流乱石中，不问冬夏，都得敏捷而勇敢的脱光衣裤，向急流中跳去，在水里尽肩背之力使船只离开险境。掌舵的因事故不能尽职，就从船顶爬过船尾去，作个临时舵手。船上若有小水手，还应事事照料小水手，指点小水手。更有一份不可推却的职务，便是在一切过失上，应与掌舵的各据小船一头，相互辱宗骂祖，继续使船前进。小船除此两人以外，尚需要个小水手居于杂务地位，淘米，烧饭，切菜，洗碗，无事不做。行船时应荡桨就帮同荡桨，应点篙就帮同持篙。这种小水手大都在学习期间，应处处留心，取得经验同本领。除了学习看水，看风，记石头，使用篙桨以外，也学习挨打挨骂。尽各种古怪希奇字眼儿成天在耳边反复响着，好好的保留在记忆里，将来长大时再用它来辱骂旁人。上行无风吹，一个人还负了纤板，曳着一段竹缆，在荒凉河岸小路上拉船前进。小船停泊码头边时，又得规规矩矩守船。关于他们的经济情势，舵手多为船家长年雇工，平均算来合八分到一角钱一天。拦头工有长年雇定的，人若年富力强多经验，待遇同掌舵的差不多。若只是短期包来回，上行平均每天可得一毛或一毛五分钱，下行则尽义务吃白饭而已。至于小水手，学习期限看年龄同本事来，有些人每天可得两分钱作零用，有些人在船上三年五载吃白饭。

上滩时一个不小心，闪不知被自己手中竹篙弹入乱石激流中，泅水技术又不在行，在水中淹死了，船主方面写得有字据，生死家长不能过问。掌舵的把死者剩余的一点衣服交给亲长，说明白落水情形后，烧几百钱纸，手续便清楚了。

一只桃源划子，有了这样三个水手，再加上一个需要赶路，有耐心，不嫌孤独，能花个二十三十的乘客，这船便在一条清明透澈的沅水上下游移动起来了。在这条河里在这种小船上作乘客，最先见于记载的一人，应当是那疯疯癫癫的楚逐臣屈原。在他自己的文章里，他就说道："朝发枉渚兮，夕宿辰阳。"若果他那文章还值得称引，我们尚可以就"沅有芷兮澧有兰"与"乘舲上沅"这些话，估想他当年或许就坐了这种小船，溯流而上，到过出产香草香花的沅州。沅州上游不远有个白燕溪，小溪谷里生长芷草，到如今还随处可见。这种兰科植物生根在悬崖罅隙间，或蔓延到松树枝桠上，长叶飘拂，花朵下垂成一长串，风致楚楚。花叶形体较建兰柔和，香味较建兰淡远。游白燕溪的可坐小船去，船上人若伸手可及，多随意伸手摘花，顷刻就成一束。若崖石过高，还可以用竹篙将花打下，尽它堕入清溪洄流里，再用手去溪里把花捞起。除了兰芷以外，还有不少香草香花，在溪边崖下繁殖。那种黛色无际的崖石，那种一丛丛幽香眩目的奇葩，那种小小洄旋的溪流，合成一个如何不可言说、迷人心目的圣境！若没有这种地方，屈原便再疯一点，据我想来，他文章未必就能写得那么美丽。

什么人看了我这个记载,若神往于香草香花的沅州,居然从桃源包了小船,过沅州去,希望实地研究解决《楚辞》上几个草木问题,到了沅州南门城边,也许无意中会一眼瞥见城门上有一片触目黑色。因好奇想明白它,一时可无从向谁去询问。他所见到的只是一片新的血迹,并非什么古迹。大约在清党前后,有个晃州姓唐的青年,北京农科大学毕业生,在沅州晃州两县,用党务特派员资格,率领了两万以上四乡农民和一群青年学生,肩持各种农具,上城请愿。守城兵先已得到长官命令,不许请愿群众进城。于是双方自然而然发生了冲突。一面是旗帜,木棒,呼喊与愤怒,一面是居高临下,一尊机关枪同十枝步枪。街道既那么窄,结果站在最前线上的特派员同四十多个青年学生与农民,便全在城门边牺牲了。其余农民一看情形不对,抛下农具四散跑了。那个特派员的身体,于是被兵士用刺刀钉在城门木板上示众三天。三天过后,便连同其他牺牲者,一齐抛入屈原所称赞的清流里喂鱼吃了。几年来本地人在内战反复中被派捐拉夫,在应付差役中把日子混过去,大致把这件事也慢慢的忘掉了。

桃源小船载到沅州府,舵手把客人行李扛上岸,讨得酒钱回船时,这些水手必乘兴过南门外皮匠街走走。那地方同桃源的后江差不多,住下不少经营最古职业的人物。地方既非商埠,价钱可公道一些。花五角钱关一次门,上船时还可以得一包黄油油的上净丝烟,那是十年前的规矩。照目前百物昂贵情形想来,一切当然已不同了,出钱的花费也许得多一点,收钱的待客也许早已改用"美丽牌"代替"上净丝"了。

或有人在皮匠街蓦然间遇见水手,对水手发问:"弄船的,'肥水不落外人田',家里有的你让别人用,用别人的你还得花钱,这上算吗?"

那水手一定会拍着腰间麂皮抱兜,笑眯眯的回答说:"大爷,'羊毛出在羊身上',这钱不是我桃源人的钱,上算的。"

他回答的只是后半截,前半截却不必提。本人正在沅州,离桃源远过六七百里,桃源那一个他管不着。

便因为这点哲学,水手们的生活,比起"风雅人"来似乎也洒脱多了。若说话不犯忌讳,无人疑心我"祖护无产阶级",我还想说,他们的行为,比起那些读了些"子曰",带了《五百家香艳诗》去桃源寻幽访胜,过后江讨经验的"风雅人"来,也实在还道德得多。

一九三五年三月北平大城中
选自《湘行散记》,开明书店一九四六年十月版

鸭窠围的夜

　　天快黄昏时落了一阵雪子,不久就停了。天气真冷,在寒气中一切都仿佛结了冰。便是空气,也像快要冻结的样子。我包定的那一只小船,在天空大把撒着雪子时已泊了岸。从桃源县沿河而上这已是第五个夜晚。看情形晚上还会有风有雪,故船泊岸边时便从各处挑选好地方。沿岸除了某一处有片沙岨宜于泊船以外,其余地方全是黛色如屋的大岩石。石头既然那么大,船又那么小,我们都希望寻觅得到一个能作小船风雪屏障,同时要上岸又还方便的处所。凡是可以泊船的地方早已被当地渔船占去了。小船上的水手,把船上下各处撑去,钢钻头敲打着沿岸大石头,发出好听的声音,结果这只小船,还是不能不同许多大小船只一样,在正当泊船处插了篙子,把当作锚头用的石碇抛到沙上去,尽那行将来到的风雪,摊派到这只船上。

第一章　慢慢湘行记

这地方是个长潭的转折处，两岸是高大壁立千丈的山，山头上长着小小竹子，长年翠色逼人。这时节两山只剩余一抹深黑，赖天空微明为画出一个轮廓。但在黄昏里看来如一种奇迹的，却是两岸高处去水已三十丈上下的吊脚楼。这些房子莫不俨然悬挂在半空中，借着黄昏的余光，还可以把这些希奇的楼房形体，看得出个大略。这些房子同沿河一切房子有个共通相似处，便是从结构上说来，处处显出对于木材的浪费。房屋既在半山上，不用那么多木料，便不能成为房子吗？半山上也用吊脚楼形式，这形式是必须的吗？然而这条河水的大宗出口是木料，木材比石块还不值价。因此，即或是河水永远涨不到处，吊脚楼房子依然存在，似乎也不应当有何惹眼惊奇了。但沿河因为有了这些楼房，长年与流水斗争的水手，寄身船中枯闷成疾的旅行者，以及其他过路人，却有了落脚处了。这些人的疲劳与寂寞是从这些房子中可以一律解除的。地方既好看，也好玩。

河面大小船只泊定后，莫不点了小小的油灯，拉了篷。各个船上皆在后舱烧了火，用铁鼎罐煮红米饭。饭焖熟后，又换锅子熬油，哗的把菜蔬倒进热锅里去。一切齐全了，各人蹲在舱板上三碗五碗把腹中填满后，天已夜了。水手们怕冷怕动的，收拾碗盏后，就莫不在舱板上摊开了被盖，把身体钻进那个预先卷成一筒又冷又湿的硬棉被里去休息。至于那些想喝一杯的，发了烟瘾得靠靠灯，船上烟灰又翻尽了的，或一无所为，只是不甘寂寞，好事好玩想到岸上去烤烤火谈谈天的，便莫不提了桅灯，或燃一段废缆子，摇晃着从船头跳上了岸，从一堆石头间的小路径，爬到半山上吊脚楼房子那边去，找寻自己的熟人，找寻自己的熟地。陌生人自然也有来到这条河中，来到这种吊脚楼房子里的时节，但一到地，在火堆旁小板凳上一坐，便是陌生人，即刻也就可以称为熟人乡亲了。

这河边两岸除了停泊有上下行的大小船只三十左右以外，还有无数在日前趁融雪涨水放下形体大小不一的木筏。较小的木筏，上面供给人住宿过夜的棚子也不见，一到了码头，便各自上岸找住处去了。大一些的木筏呢，则有房屋，有船只，有小小菜园与养猪养鸡栅栏，还有女眷和小孩子。

黑夜占领了全个河面时，还可以看到木筏上的火光，吊脚楼窗口的灯光，以及上岸下船在河岸大石间飘忽动人的火炬红光。这时节岸上船上都有人说话，吊脚楼上且有妇人在黯淡灯光下唱小曲的声音，每次唱完一支小曲时，就有人笑嚷。什么人家吊脚楼下有匹小羊叫，固执而且柔和的声音，使人听来觉得忧郁。我心中想着，"这一定是从别一处牵来的，另外一个地方，那小畜生的母亲，一定也那么固执的鸣着吧。"算算日子，再过十一天便过年了。"小畜生明不明白只能在这个世界上活过十天八天？"明白也罢，不明白也罢，这小畜生是为了过年而赶来，应在这个地方死去的。此后固执而又柔和的声音，将在我耳边永远不会消失。我觉得忧郁起来了。我

第一章　慢慢湘行记

仿佛触着了这世界上一点东西,看明白了这世界上一点东西,心里软和得很。

但我不能这样子打发这个长夜。我把我的想象,追随了一个唱曲时清中夹沙的妇女声音,到她的身边去了。于是仿佛看到了一个床铺,下面是草荐,上面摊了一床用旧帆布或别的旧货作成脏而又硬的棉被,搁在床正中被单上面的是一个长方木托盘,盘中有一把小茶盏,一个小烟盒,一支烟枪,一块小石头,一盏灯。盘边躺着一个人在烧烟。唱曲子的妇人,或是袖了手捏着自己的膀子站在吃烟者的面前,或是靠在男子对面的床头,为客人烧烟。房子分两进,前面临街,地是土地,后面临河,便是所谓吊脚楼了。这些人房子窗口既一面临河,可以凭了窗口呼喊河下船中人,当船上人过了瘾,胡闹已够,下船时,或者尚有些事情嘱托,或有其他原因,一个晃着火炬停顿在大石间,一个便凭立在窗口,"大老你记着,船下行时又来。""好,我来的,我记着的。""你见了顺顺就说:会呢,完了;孩子大牛呢,脚膝骨好了。细粉带三斤,冰糖或片糖带三斤。""记得到,记得到,大娘你放心,我见了顺顺大爷就说:会呢,完了。大牛呢,好了。细粉来三斤,冰糖来三斤。""杨氏,杨氏,一共四吊七,莫错账!""是的,放心呵,你说四吊七就四吊七,年三十夜莫会要你多的!你自己记着就是了!"这样那样的说着,我一一都可听到,而且一面还可以听着在黑暗中某一处咩咩的羊鸣。我明白这些回船的人是上岸吃过"荤烟"了的。

我还估计得出,这些人不吃"荤烟",上岸时只去烤烤火的,到了那些屋子里时,便多数只在临街那一面铺子里。这时节天气太冷,大门必已上好了,屋里一隅或点了小小油灯,屋中土地上必就地掘了浅凹火炉膛,烧了些树根柴块。火光煜煜,且时时刻刻爆炸着一种难于形容的声音。火旁矮板凳上坐有船上人,木筏上人,有对河住家的熟人。且有虽为天所厌弃还不自弃年过七十的老妇人,闭着眼睛蜷成一团蹲在火边,悄悄的从大袖筒里取出一片薯干或一枚红枣,塞到嘴里去咀嚼。有穿着肮脏、身体瘦弱的孩子,手擦着眼睛傍着火旁的母亲打盹。屋主人有退伍的老军人,有翻船背运的老水手,有单身寡妇。借着火光灯光,可以看得出这屋中的大略情形,三堵木板壁上,一面必有个供奉祖宗的神龛,神龛下空处或另一面,必贴了一些大小不一的红白名片。这些名片倘若有那些好事者加以注意,用小油灯照着,去仔细检查检查,便可以发现许多动人的名衔,军队上的连副、上士、一等兵,商号中的管事,当地的团总、保正、催租吏,以及照例姓滕的船主,洪江的木簰商人,与其他各行各业人物,无所不有。这是近一二十年来经过此地若干人中一小部分的题名录。这些人各用一种不同的生活,来到这个地方,且同样的来到这些屋子里,坐在火边或靠近床边,逗留过若干时间。这些人离开了此地后,在另一世界里还是继续活下去,但除了同自己的生活圈子中人发生关系以外,与一同在这个世界上其他的人,却仿佛便毫无关系可言了。他们如今也许早已死掉了;水淹死的,枪打死的,被外妻用砒霜谋杀的,然而这些名片却依然好好的保留下去。也许有些人已成了富人名人,成了当地的小军阀,这些名片却依然写着催租人,上士等等的衔头。……除了这些名片,那屋子里是不是还有比它更引人注意的东西呢?锯子,小捞兜,香烟大画片,装干栗子的口袋……

提起这些问题时使人心中很激动。我到船头上去眺望了一阵。河面静静的,木筏上火光小了,船上的灯光已很少了,远近一切只能借着水面微光看出个大略情形。另外一处的吊脚楼上,又有了妇人唱小曲的声音,灯光摇摇不定,且有猜拳声音。我估计那些灯光同声音所在处,不是木筏上的簰头在取乐,就是水手们小商人在喝酒。妇人手指上说不定还戴了水手特别为从常德府捎带来的镀金戒指,一面唱曲一面把那只手理着鬓角,多动人的一幅画图!我认识他们的哀乐,这一切我也有份。看他们在那里把每个日子打发下去,也是眼泪也是笑,离我虽那么远,同时又与我那么相近。这正同读一篇描写西伯利亚的农人生活动人作品一样,使人掩卷引起无言的哀戚。我如今只用想象去领味这些人生活的表面姿态,却用过去一分经验,接触着了这种人的灵魂。

羊还固执地鸣着。远处不知什么地方有锣鼓声音,那一定是某个人家禳土酬神还愿巫师的锣鼓。声音所在处必有火燎与九品蜡照耀争辉。眩目火光下必有头包红布的老巫师独立作旋风舞，门上架上有黄钱，平地有装满了谷米的平斗。有新宰的猪羊伏在木架上，头上插着小小五色纸旗。有行将为巫师用口把头咬下的活生公鸡，缚了双脚与翼翅，在土坛边无可奈何的躺卧。主人锅灶边则热了满锅猪血稀粥，灶中正火光熊熊。

邻近一只大船上，水手们已静静的睡下了，只剩余一个人吸着烟，且时时刻刻把烟管敲着船舷。也像听着吊脚楼的声音，为那点声音所激动，引起种种联想，忽然按捺自己不住了，只听到他轻轻的骂着野话，擦了支自来火，点上一段废缆，跳上岸往吊脚楼那里去了。他在岸上大石间走动时，火光便从船篷空处漏进我的船中。也是同样的情形吧，在一只装载棉军服向上行驶的船上，泊到同样的岸边，躺在成束成捆的军服上面，夜既太长，水手们爱玩牌的各蹲坐在舱板上小油灯光下玩天九，睡既不成，便胡乱穿了两套棉军服，空手上岸，借着石块间还未融尽残雪返照的微光，一直向高岸上有灯光处走去。到了街上，除了从人家门罅里露出的灯光成一条长线横卧着，此外一无所有。在计算中以为应可见到的小摊上成堆的花生，用哈德门长烟匣装着干瘪瘪的小橘子，切成小方块的片糖，以及在灯光下看守摊子把眉毛扯得极细的妇人（这些妇人无事可做时还会在灯光下做点针线的），如今什么也没有。既不敢冒昧闯进一个人家里面去，便只好又回转河边船上了。但上山时向灯光凝聚处走去，方向不会错误，下河

第一章　慢慢湘行记

时可糟了。糊糊涂涂在大石小石间走了许久,且大声喊着,才走近自己所坐的一只船。上船时,两脚全是泥,刚攀上船舷还不及脱鞋落舱,就有人在棉被中大喊:"伙计哥子们,脱鞋呀!"把鞋脱了还不即睡,便镶到水手身旁去看牌,一直看到半夜——十五年前自己的事,在这样地方温习起来,使人对于命运感到十分惊异。我懂得那个忽然独自跑上岸去的人,为什么上去的理由!

等了一会儿,邻船上那人还不回到他自己的船上来,我明白他所得的必比我多了一些。我想听听他回来时,是不是也像别的船上人,有一个妇人在吊脚楼窗口喊叫他。许多人都陆续回到船上了,这人却没有下船。我记起"柏子"。但是,同样是水上人,一个那么快乐的赶到岸上去,一个却是那么寂寞的跟着别人后面走上岸去,到了那些地方,情形不会同柏子一样,也是很显然的事了。

为了我想听听那个人上船时那点推篷声音,我打算着。在一切声音全已安静时,我仍然不能睡觉。我等待那点声音,大约到午夜十二点,水面上却起了另外一种声音。仿佛鼓声,也仿佛汽油船马达转动声,声音慢慢的近了,可是慢慢的又远了。像是一个有魔力的歌唱,单纯到不可比方,也便是那种固执的单调,以及单调的延长,使一个身临其境的人,想用一组文字去捕捉那点声音,以及捕捉在那长潭深夜一个人为那声音所迷惑时节的心情,实近于一种徒劳无功的努力。那点声音使我不得不再从那个业已用被单塞好空罅的舱门,到船头去搜索它的来源。河面一片红光,古怪声音也就从红光一面掠水而来。原来日里隐藏在大岩下的一些小渔船,在半夜前早已静悄悄的下了拦江网。到了半夜,把一个从船头伸在水面的铁兜,盛上燃着熊熊烈火的油柴,一面用木棒槌有节奏的敲着船舷各处漂去。身在水中见了火光而来与受了柝声吃惊四窜的鱼类,便在这种情形中触了网,成为渔人的俘虏。当地人把这种捕鱼办法叫"赶白"。

一切光,一切声音,到这时节已为黑夜所抚慰而安静了,只有水面上那一分红光与那一派声音。那种声音与光明,正为着水中的鱼和水面的渔人生存的搏战,已在这河面上存在了若干年,且将在接连而来的每个夜晚依然继续存在。我弄明白了,回到舱中以后,依然默听着那个单调的声音。我所看到的仿佛是一种原始人与自然战争的情景。那声音,那火光,都近于原始人类的战争,把我带回到四五千年那个"过去"时间里去。

不知在什么时候开始落了很大的雪。听船上人细语着,我心想,第二天我一定可以看到邻船上那个人上船时节,在岸边雪地上留下那一行足迹。那寂寞的足迹,事实上我却不曾见到,因为第二天到我醒来时,小船已离开那个泊船处很远了。

选自《湘行散记》,开明书店一九四六年十月版

一九三四年一月十八

　　我仿佛被一个极熟的人喊了又喊，人清醒后那个声音还在耳朵边。原来我的小船已开行了许久，这时节正在一个长潭中顺风滑行，河水从船舷轻轻擦过，把我弄醒了。

　　我的小船今天应当停泊到一个大码头，想起这件事，我就有点慌张起来了。小船应停泊的地方，照史籍上所说，出丹砂，出辰州符。事实上却只出胖人，出肥猪，出鞭炮，出雨伞。一条长长的河街，在那里可以见到无数水手柏子与无数柏子的情妇。长街尽头飘扬着用红黑二色写上扁方体字税关的幡信，税关前停泊了无数上下行验关的船只。长街尽头油坊围墙如城垣，长年有油可打，打油匠摇荡悬空油槌，訇的向前抛去时，莫不伴以摇曳长歌，由日到夜，不知休止。河中长年有大木筏停泊，每一木筏浮江而下时，同时四方角隅至少有三十个人举桡激水。沿河吊脚楼下泊定了大而明黄的船只，船尾高张,皆到两丈左右,小船从下面过身时,仰头看去恰如一间大屋。(那上面必用金漆写得有"福"字同"顺"字!)这个地方就是我一提及它时充满了感情的辰州。

小船去辰州还约三十里,两岸山头已较小,不再壁立拔峰,渐渐成为一堆堆黛色与浅绿相间的邱阜,山势既较和平,河水也温和多了。两岸人家渐渐越来越多,随处可以见到毛竹林。山头已无雪,虽尚不出太阳,气候干冷,天空倒明明朗朗。小船顺风张帆向上流走去时,似乎异常稳定。

但小船今天至少还得上三个滩与一个长长的急流。

大约九点钟时,小船到了第一个长滩脚下了,白浪从船旁跑过快如奔马,在惊心眩目情形中小船居然上了滩。小船上滩照例并不如何困难,大船可不同一点。滩头上就有四只大船斜卧在白浪中大石上,毫无出险的希望。其中一只货船,大致还是昨天才坏事的,只见许多水手在石滩上搭了棚子住下,且摊晒了许多被水浸湿的货物。正当我那只小船上完第一滩时,却见一只大船,正搁浅在滩头激流里。只见一个水手赤裸着全身向水中跳去,想在水中用肩背之力使船只活动,可是人一下水后,就即刻为激流带走了。在浪声哮吼里尚听到岸上人沿岸追喊着,水中那一个大约也回答着一些遗嘱之类,过一会儿,人便不见了。这个滩共有九段。这件事从船上人看来,可太平常了。

小船上第二段时,江流已随山势曲折,再不能张帆取风,

第一章　慢慢湘行记

我担心到这小小船只的安全问题，就向掌舵水手提议，增加一个临时纤手，钱由我出。得到了他的同意，一个老头子，牙齿已脱，白须满腮，却如古罗马战士那么健壮，光着手脚蹲在河边那个大青石上讲生意来了。两方面都大声嚷着而且辱骂着，一个要一千，一个却只出九百，相差那一百钱折合银洋约一分一厘。那方面既坚持非一千文不出卖这点气力，这一方面却以为小船根本不必多出这笔钱给一个老头子。我即或答应了不拘多少钱统由我出，船上三个水手，一面与那老头子对骂，一面把船开到急流里去了。见小船已开出后，老头子方不再坚持那一分钱，却赶忙从大石上一跃而下，自动把背后纤板上短绳，缚定了小船的竹缆，躬着腰向前走去了。待到小船业已完全上滩后，那老头就赶到船边来取钱，互相又是一阵辱骂。得了钱，坐在水边大石上一五一十数着。我问他有多少年纪，他说七十七。那样子，简直是一个托尔斯太[①]！眉毛那么长，鼻子那么大，胡子那么多，一切都同画像上的托尔斯太相去不远。看他那数钱神气，人快到八十了，对于生存还那么努力执着，这人给我的印象真太深了。但这个人在他们弄船人看来，一个又老又狡猾的东西罢了。

　　小船上尽长滩后，到了一个小小水村边，有母鸡生蛋的

[①] 托尔斯太：今译"托尔斯泰"，19世纪中期俄国批判现实主义作家，代表作有《战争与和平》《安娜·卡列尼娜》《复活》等。

声音,有人隔河喊人的声音,两山不高而翠色迎人。许多等待修理的小船,一字排开斜卧在岸上,有人在一只船边敲敲打打,我知道他们正用麻头与桐油石灰嵌进船缝里去。一个木筏上面还搁了一只小船,在平潭中溜着。忽然村中有炮仗声音,有唢呐声音,且有锣声;原来村中人正接媳妇。锣声一起,修船的,放木筏的,划船的,无不停止了工作,向锣声起处望去。——多美丽的一幅画图,一首诗!但除了一个从城市中因事挤出的人觉得惊讶,难道还有谁看到这些光景矍然神往?

下午二时左右,我坐的那只小船,已经把辰河由桃源到沅陵一段路程主要滩水上完,到了一个平静长潭里。天气转晴,日头初出,两岸小山作浅绿色,山水秀雅明丽如西湖。船离辰州只差十里,我估计过不久,船到了白塔下再上个小滩,转过山岨,就可以见到税关上飘扬的长幡信了。

想起再过两点钟,小船泊到泥滩上后,我就会如同我小说写到的那个柏子一样,从跳板一端摇摇荡荡的上了岸,直向有吊脚楼人家的河街走去,再也不能蜷伏在船里了。

我坐到后舱口日光下,向着河流清算我对于这条河水这个地方的一切旧账。原来我离开这地方已十六年。十六年的日子实在过得太快了一点。想起从这堆日子中所有人事的变迁,我轻轻的叹息了好些次。这地方是我第二个故乡。我第一次离乡背井,随了那一群肩扛刀枪向外发展的武士为生存而战斗,就停顿到这个码头上。这地方每一条街,每一处衙署,每一间商店，每一个城洞里做小生意的小担子，还如何在我睡梦里占据一个位置！这个河码头在十六年前教育我，给我明白了多少人事，帮助我作过多少幻想，如今却又轮到它来为我温习那个业已消逝的童年梦境来了。

望着汤汤的流水，我心中好像忽然彻悟了一点人生，同时又好像从这条河上，新得到了一点智慧。的的确确，这河水过去给我的是"知识"，如今给我的却是"智慧"。山头一抹淡淡的午后阳光感动我，水底各色圆如棋子的石头也感动我。我心中似乎毫无渣滓，透明烛照，对万汇百物，对拉船人与小小船只，一切都那么爱着，十分温暖的爱着！我的感情早已融入这第二故乡一切光景声色里了。我仿佛很渺小很谦卑，对一切有生无生似乎都在伸手，且微笑的轻轻的说：

"我来了，是的，我仍然同从前一样的来了。我们全是原来的样子，真令人高兴。你，充满了牛粪桐油气味的小小河街，虽稍稍不同了一点，我这张脸，大约也不同了一点。可是，很可喜的是我们还互相认识，只因为我们过去实在太熟习了！"

看到日夜不断千古长流的河水里的石头和砂子，以及水面腐烂的草木，破碎的船板，使我触着了一个使人感觉惆怅的名词。我想起"历史"。一套用文字写成的历史，除了告给我们一些另一时代另一群人在这地面上相斫相杀的故事以外，我们决不会再多知道一些要知道的事情。但这条河流，却告给了我若干年来若干人类的哀乐！小小灰色的渔船，船舷船顶站满了黑色沉默的鱼鹰，向下游缓缓划去了。石滩上走着脊梁略弯的拉船人。这些东西于历史似乎毫无关系，百年前或百年后皆仿佛同目前一样。他们那么忠实庄严的生活，担负了自己那份命运，为自己，为儿女，继续在这世界中活下去。不问所过的是如何贫贱艰难的日子，却从不逃避为了求生而应有的一切努力。在他们生活爱憎得失里，也依然摊派了哭，笑，吃，喝。对于寒暑的来临，他们便更比其他世界上人感到四时交替的严肃。历史对于他们俨然毫无意义，然而提到他们这点千年不变无可记载的历史，却使人引起无言的哀戚。

我有点担心，地方一切虽没有什么变动，我或者变得太多了一点。

船到了税关前迳船旁泊定时，我想象那些税关办事人，因为见我是个陌生旅客，一定上船来盘问我，麻烦我。我于是便假定恰如数年前作的一篇文章上我那个样子，故意不大理会，希望引起那个公务人员的愤怒，直到把我带局为止。我正想要那么一个人引路到局上去，好去见他们的局长！还很希望他们带到当地驻军旅部去，因为若果能够这样，就使我进衙门去找熟人时，省得许多琐碎的手续了。

可是验关的来了，一个宽脸大身材的青年苗人。见到他头上那个盘成一饼的青布包头，引动了我一点乡情。我上岸的计划不得不变更了。他还来不及开口我就说：

第一章　慢慢湘行记

"同年,你来查关!这是我坐的一只空船,你尽管看。我想问你,你局长姓什么!"

那苗人已上了小船在我面前站定,看看舱里一无所有,且听我喊他为"同年",从乡音中得到了点快乐,便用着小孩子似的口音问我:

"你到哪里去?你从哪里来呀?"

"我从常德来——就到这地方。你不是梨林人吗?我是……我要会你局长!"

那关吏说:"我是凤凰县人!你问局长,我们局长姓陈!"

第一个碰到的原来就是自己的乡亲,我觉得十分激动,赶忙请他进舱来坐坐。可是这个人看看我的衣服行李,大约以为我是个什么代表,一种身分的自觉,不敢进舱里来了。就告我若要找陈局长,可以把船泊到中南门去。一面说着一面且把手中的粉笔,在船篷上画了个放行的记号,却回到大船上去:"你们走!"他挥手要水手开船,且告水手应当把船停到中南门,上岸方便。

船开上去一点,又到了一个复查处。仍然来了一个头裹青布帕的乡亲,从舱口看看船中的我。我想这一次应当故意不理会这个公务人,使他生气方可到局里去。可是这个复查员看看我不作声的神气,一问水手,水手说了两句话,又挥挥手把我们放走了。

我心想:这不成,他们那么和气,把我想象的安排计划全给毁了，若到中南门起岸，水手在身后扛了行李，到城门边检查时，只需水手一句话又无条件通过，很无意思。我多久不见到故乡的军队了，我得看看他们对于职务上的兴味与责任，过去和现在有什么不同处。我便变更了计划，要小船在东门下傍码头停停，我一个人先上岸去，上了岸后小船仍然开到中南门，等等我再派人来取行李。我于是上了岸，不一会儿就到河街上了。当我打从那河街上过身时，做炮仗的，卖油盐杂货的，收买发卖船上一切零件的，所有小铺子皆牵引了我的眼睛，因此我走得特别慢些。但到进城时却使我很失望，城门口并无一个兵。原来地方既不戒严，兵移到乡下去驻防，城市中已用不着守城兵了。长街路上虽有穿着整齐军服的年青人，我却不便如何故意向他们生点事。看看一切皆如十六年前的样子，只是兵不同了一点。

我既从东门从从容容的进了城，不生问题，不能被带过旅部去，心想时间还早，不如到我弟弟哥哥共同在这地方新建筑的"芸芦"新家里看看，那新房子全在山上。到了那个外观十分体面的房子大门前，问问工人谁在监工，才知道我哥哥来此刚三天。这就太妙了，若不来此问问，我以为我家中人还依然全在凤凰县城里！我进了门一直向楼边走去时，还有使我更惊异而快乐的，是我第一个见着的人，原来就正是五年来行踪不明的"虎雏"。这人五年前在上海从我住处逃亡后，一直就无他的消息，我还以为他早已腐了烂了。他把我引导到

第一章　慢慢湘行记

我哥哥住的房中,告给我哥哥已出门,过三点钟方能回来。在这三点钟之内,他在我很惊讶的盘问之下,却告给了我他的全部历史。原来八岁时他就因为用石块砸死了人逃出家乡,作过玩龙头宝的助手,作过土匪,作过采茶人,当过兵。到上海发生了那件事情后,这六年中又是从一想象不到的生活里,转到我军官兄弟手边来作一名"副爷"。

见到哥哥时,我第一句话说的是"家中虎雏真是个了不起的人物",我哥哥却回答得妙:"了不起的人吗?这里比他了不起的人多着哪。"

到了晚上,我哥哥说的话,便被我所见到的五个青年军官证实了。

一九三四年一月十八日作

选自《湘行散记》,开明书店一九四六年十月版

039

一个多情水手与一个多情妇人

我的小表到了七点四十分时,天光还不很亮。停船地方两山过高,故住在河上的人,睡眠仿佛也就可以多些了。小船上水手昨晚上吃了我五斤河鱼,吃过了鱼,大约还记得着那吃鱼的原因,不好意思再睡,这时节业已起身,卷了铺盖,在烧水扫雪了。两个水手一面工作一面用野话编成韵语骂着玩着,对于恶劣天气与那些昨晚上能晃着火炬到有吊脚楼人家去同宽脸大奶子妇人纠缠的水手,含着无可奈何的妒忌。

大木筏都得天明时漂滩,正预备开头,寄宿在岸上的人已陆续下了河,与宿在筏上的水手们,共同开始从各处移动木料,筏上有斧斤声与大摇槌嘭嘭的敲打木桩声音。许多在吊脚楼寄宿的人,从妇人热被里脱身,皆在河滩大石间踉跄走着,回归船上。妇人们恩情所结,也多和衣靠着窗边,与河下人遥遥传述那种种"后会有期各自珍重"的话语。很显然的事，便是这些人从昨夜那点露水恩情上，已经各在那里支付分上一把眼泪与一把埋怨。想到这些眼泪与埋怨，如何揉进这些人的生命中，成为生活之一部分时，使人心中柔和得很！

第一个大木筏开始移动时，约在八点左右。木筏四隅数十支大桡，拨水而前，筏上且起了有节奏的"唉"声。接着又移动了第二个。……木筏上的桡手，各在微明中画出一个黑色的轮廓。木筏上某一处必扬着一片红红的火光，火堆旁必有人正蹲下用钢罐煮水。

我的小船到这时节一切业已安排就绪，也行将离岸，向长潭上游溯江而上了。

只听到河下小船邻近不远某一只船上，有个水手哑着嗓子喊人：

"牛保，牛保，不早了，开船了呀！"

许久没有回答，于是又听那个人喊道：

"牛保，牛保，你不来当真船开动了！"

再过一阵，催促的转而成为辱骂，不好听的话已上口了。

"牛保，牛保，狗×的，你个狗就见不得河街女人的×！"

吊脚楼上那一个，到此方仿佛初从好梦中惊醒，从热被里妇人手臂中逃出，光身爬到窗边来答着：

"宋宋，宋宋，你喊什么？天气还早咧。"

"早你的娘，人家木簰全开了，你×了一夜还尽不够！"

"好兄弟，忙什么？今天到白鹿潭好好的喝一杯！天气早得很！"

"天气早得很，哼，早你的娘！"

"就算是早我的娘吧。"

最后一句话，不过是我所想象的。因为河岸水面那一个，虽尚呶呶不已，楼上那一个却业已沉默了。大约这时节那个妇人还卧在床上，也开了口："牛保，牛保，你别理他，冷得很！"因此即刻又回到床上热被里去了。

只听到河边那个水手喃喃的骂着各种野话，且有意识把船上家伙撞磕得很响。我心想：这是个什么样子的人，我倒应该看看他。且很希望认识岸上那一个。我知道他们那只船也正预备上行，就告给我小船上水手，不忙开头，等等同那只船一块儿开。

不多久，许多木筏离岸了，许多下行船也拔了锚，推开篷，着手荡桨摇橹了。我卧在船舱中，就只听到水面人语声，以及橹桨激水声，与橹桨本身被扳动时咿咿哑哑声。河岸吊脚楼上妇人在晓气迷蒙中锐声的喊人，正如同音乐中的笙管一样，超越众声而上。河面杂声的综合，交织了庄严与流动，一切真是一个圣境。

我出到舱外去站了一会儿，天已亮了，雪已止了，河面寒气逼人。眼看这些船筏各戴上白雪浮江而下，这里那里扬着红红的火焰同白烟，两岸高山则直矗而上，如对立巨魔，颜色淡白，无雪处皆作一片墨绿。奇景当前，有不可形容的瑰丽。

一会儿,河面安静了。只剩下几只小船同两片小木筏,还无开头意思。

河岸上有个蓝布短衣青年水手,正从半山高处人家下来,到一只小船上去。因为必须从我小船边过身,故我把这人看得清清楚楚。大眼,宽脸,鼻子短,宽阔肩膊下挂着两只大手(手上还提了一个棕衣口袋,里面填得满满的),走路时肩背微微向前弯曲,看来处处皆证明这个人是一个能干得力的水手!我就冒昧的喊他,同他说话:

"牛保,牛保,你玩得好!"

谁知那水手当真就是牛保。

那家伙回过头来看看是我叫他,就笑了。我们的小船好几天以来,皆一同停泊,一同启碇,我虽不认识他,他原来早就认识了我的。经我一问,他有点害羞起来了。他把那口袋举起带笑说道:

"先生,冷呀!你不怕冷吗?我这里有核桃,你要不要吃核桃?"

我以为他想卖给我些核桃,不愿意扫他的兴,就说我要,等等我一定向他买些。

他刚走到他自己那只小船边,就快乐的唱起来了。忽然税关复查处比邻吊脚楼人家窗口,露出一个年青妇人鬓发散乱的头颅,向河下人锐声叫将起来:

"牛保,牛保,我同你说的话,你记着吗?"

年青水手向吊脚楼一方把手挥动着。

"唉,唉,我记得到!……冷!你是怎么的啊!快上床去!"大约他知道妇人起身到窗边时,是还不穿衣服的。

妇人似乎因为一番好意不能使水手领会,有点不高兴的神气。

"我等你十天,你有良心,你就来——"说着,嘭的一声把格子窗放下了。这时节眼睛一定已红了。

那一个还向吊脚楼喃喃说着什么,随即也上了船。我看看,那是一只深棕色的小货船。

我的小船行将开头时,那个青年水手牛保却跑来送了一包核桃。我以为他是拿来卖给我的,赶快取了一张值五角的票子递给他。这人见了钱只是笑。他把钱交还,把那包核桃从我手中抢了回去。

"先生,先生,你买我的核桃,我不卖!我不是做生意人(他把手向吊脚楼指了一下,话说得轻了些)。那婊子同我要好,她送我的。送了我那么多,还有栗子,干鱼。还说了许多痴话,等我回来过年咧。……"

慷慨原是辰河水手一种通常的性格,既不要我的钱,皮箱上正搁了一包烟台苹果,我随手取了四个大苹果送给他,且问他:

"你回不回来过年?"

第一章　慢慢湘行记

他只笑嘻嘻的把头点点，就带了那四个苹果飞奔而去。我要水手开了船。小船已开到长潭中心时，忽然又听到河边那个哑嗓子在喊嚷：

"牛保，牛保，你是怎么的？我×你的妈，还不下河，我翻你的三代，还……"

一会儿，一切皆沉静了，就只听到我小船船头分水的声音。

听到水手的辱骂，我方明白那个快乐多情的水手，原来得了苹果后，并不即返船，仍然又到吊脚楼人家去了。他一定把苹果献给那个妇人，且告给妇人这苹果的来源，说来说去，到后自然又轮着来听妇人说的痴话，所以把下河的时间完全忘掉了。

小船已到了辰河多滩的一段路程，长潭尽后就是无数大滩小滩。河水半月来已落下六尺，雪后又照例无风，较小船只即或可以不从大漕上行，沿着河边浅水处走去也仍然十分费事。水太干了，天气又实在太冷了点。我伏在舱口看水手们一面骂野话，一面把长篙向急流乱石间掷去，心中却念及那个多情水手。船上滩时浪头俨然只想把船上人攫走。水流太急，故常常眼看业已到了滩头，过了最紧要处，但在抽篙换篙之际，忽然又会为急流冲下。海水又大又深，大浪头拍岸时常如一个小山，但它总使人觉得十分温和。河水可同一股火，太热情了一点，时时刻刻皆想把人攫走，且仿佛完全只凭自己意见做去。但古怪的是这些弄船人，他们逃避激流同漩水的方法十分巧妙。他们得靠水为生,明白水,比一般人更明白水的可怕处;但他们为了求生,却在每个日子里每一时间皆有向水中跳去的准备。小船一上滩时,就不能不向白浪里钻去,可是他们却又必有方法从白浪里找到出路。

在一个小滩上,因为河面太宽,小漕河水过浅,小船缆绳不够长不能拉纤,必须尽手足之力用篙撑上,我的小船一连上了五次皆被急流冲下。船头全是水。到后想把船从对河另一处大漕走去、漂流过河时,从白浪中钻出钻进,篷上也沾了水。在大漕中又上了两次,还花钱加了个临时水手,方把这只小船弄上滩。上过滩后问水手是什么滩,方知道这滩名"骂娘滩"。(说野话的滩!)即或是父子弄船,一面弄船也一面得互骂各种野话,方可以把船弄上滩口。

一整天小船尽是上滩,我一面欣赏那些从船舷驰过急于奔马的白浪,一面便用船上的小斧头,敲剥那个风流水手见赠的核桃吃。我估想这些硬壳果,说不定每一颗还都是那吊脚楼妇人亲手从树上摘下,用鞋底揉去一层苦皮,再一一加以选择,放到棕衣口袋里来的。望着那些棕色碎壳,那妇人说的"你有良心你就赶快来"一句话,也就尽在我耳边响着。那水手虽然这时节或许正在急水滩头趴伏到石头上拉船,或正脱了裤子涉水过溪,一定却记忆着吊脚楼妇人的一切,心中感觉十分温暖。每一个日子的过去,便使他与那妇人接近一点点。十天完了,过年了,那吊脚楼上,一定门楣上全贴了红喜

第一章　慢慢湘行记

钱，被捉的雄鸡啊呵呵呵的叫着，雄鸡宰杀后，把它向门角落抛去，只听到翅膀扑地的声音。锅中蒸了一笼糯米饭，长年覆着搁在门口的老粑槽，那时节业已翻动，粑槌也洗得干干净净，只等候把蒸熟的米饭倒下，两人就开始在一个石臼里捣将起来。一切事都是两个人共力合作，一切工作中皆掺合有笑谑与善意的诅骂。于是当真过年了。又是叮咛与眼泪，在一份长长的日子里有所期待，留在船上另一个放声的辱骂催促着，方下了船，又是核桃与栗子，干鲤鱼与……

到了午后，天气太冷，无从赶路。时间还只三点左右，我的小船便停泊了。停泊地方名为杨家岨。依然有吊脚楼，飞楼高阁悬在半山中，结构美丽悦目。小船傍在大石边，只须一跳就可以上岸。岸上吊脚楼前枯树边，正有两个妇人，穿了毛蓝布衣裳，不知商量些什么，幽幽的说着话。这里雪已极少，山头皆裸露作深棕色，远山则为深紫色。地方静得很，河边无一只船，无一个人，无一堆柴。河边某一个大石后面，有人正在捶捣衣服，一下一下的捣。对河也有人说话，却看不清楚人在何处。

小船停泊到这些小地方，我真有点担心。船上那个壮年水手，是一个在军营中开过小差作过种种非凡事业的人物，成天在船上只唱着"过了一天又一天，心中好似滚油煎"，若误会了我箱中那些带回湘西送人的信笺信封，以为是值钱东西，在唱过了埋怨生活的戏文以后，转念头来玩个新花样，说不定我还来不及被询问"吃板刀面或吃馄饨"以前，就被他解决了。这些事我倒不怎么害怕，凡是蠢人做出的事我不知道什么叫吓怕的。只是有点担心。因为若果这个人做出了这种蠢事，我完了，他跑了，这地方可糟了。地方既属于我那些同乡军官大老管辖，把他们可忙坏了。

我盼望牛保那只小船赶来，也停泊到这个地方，一面可以不用担心，一面还可以同这个有人性的多情水手谈谈。

直等到黄昏，方来了一只邮船，靠着小船下了锚。过不久，邮船那一面有个年青水手嚷着要支点钱上岸去吃"荤烟"，另一个管事的却不允许，两人便争吵起来了。只听到年青的那一个呶呶絮语，声音神气简直同大清早上那个牛保一个样子。到后来，这个水手负气，似乎空着个荷包，也仍然上岸过吊脚楼人家去了。过了一会儿还不见他回船，我很想知道一下他到了那里做些什么事情，就要一个水手为我点上一段废缆，晃着那小小火把，引导我离了船，爬了一段小小山路，到了所谓河街。

五分钟后，我与这个穿绿衣的邮船水手，一同坐到一个人家正屋里火堆旁，默默的在烤火了。面前一个大油松树根株，正伴同一饼油渣，熊熊的燃着快乐的火焰。间或有人用脚或树枝拨了那么一下，便有好看的火星四散惊起。主人是一个中年妇人，另外还有两个老妇人，虽对水手提出种种问题，且把关于下河的油价，木价，米价，盐价，一件一件来询问

第一章 慢慢湘行记

他,他却很散漫的回答,只低下头望着火堆。从那个颈项同肩膊,我认得这个人性格同灵魂,竟完全同早上那个牛保一样。我明白他沉默的理由,一定是船上管事的不给他钱,到岸上来赊烟不到手。他那闷闷不乐的神气,可以说是很妩媚。我心想请他一次客,又不便说出口。到后机会却来了,门开处进来了一个年事极轻的妇人,头上裹着大格子花布首巾,身穿葱绿色土布袄子,系一条蓝色围裙,胸前还绣了一朵小小白花。那年青妇人把两只手插在围裙里,轻脚轻手进了屋,就站在中年妇人身后。说真话,这个女人真使我有点"惊讶"。我似乎在什么地方另一时节见着这样一个人,眼目鼻子皆仿佛十分熟习。若不是当真在某一处见过,那就必定是在梦里了。公道一点说来,这妇人是个美丽得很的生物!

最先我以为这小妇人是无意中撞来玩玩,听听从下河来的客人谈谈下面事情,安慰安慰自己寂寞的。可是一瞬间,我却明白她是为另一件事而来的了。屋主人要她坐下,她却不肯坐下,只把一双放光的眼睛尽瞅着我,待到我抬起头去望她时,那眼睛却又赶快逃避了。她在一个水手面前一定没有这种羞怯,为这点羞怯我心中有点惆怅,引起了点儿怜悯。这怜悯一半给了这个小妇人,却留下一半给我自己。

那邮船水手眼睛为小妇人放了光,很快乐的说:
"夭夭,夭夭,你打扮得真像个观音!"
那女人抿嘴笑着不理会,表示这点阿谀并不希罕,一会

049

儿方轻轻的说：

"我问你，白师傅的大船到了桃源不到？"

邮船水手回答了，妇人又轻轻的问：

"杨金保的船？"

邮船水手又回答了，妇人又继续问着这个那个。我一面向火一面听他们说话，却在心中计算一件事情。小妇人虽同邮船水手谈到岁暮年末水面上的情形，但一颗心却一定在另外一件事情上驰骋。我几乎本能的就感到了这个小妇人是正在对我感到特别兴趣的。不用惊奇，这不是希奇事情。我们若稍懂人情，就会明白一张为都市所折磨而成的白脸，同一件称身软料细毛衣服，在一个小家碧玉心中所能引起的是一种如何幻想，对目前的事也便不用多提了。

对于身边这个小妇人，也正如先前一时对于身边那个邮船水手一样，我想不出用个什么方法，就可以使这个有了点儿野心与幻想的人，得到她所要得到的东西。其实我在两件事上皆不能再吝啬了，因为我对于他们皆十分同情。但试想想看，倘若这个小妇人所希望的是我本身，我这点同情，会不会引起五千里外另一个人的苦痛？我笑了。

……假若我给这水手一笔钱，让这小妇人同他谈一个整夜？

我正那么计算着，且安排如何来给那个邮船水手钱，使他不至于感觉难为情。忽然听那年青妇人问道：

"牛保那只船？"

第一章　慢慢湘行记

那邮船水手吐了一口气："牛保的船吗，我们一同上骂娘滩，溜了四次。末后船已上了滩，那拦头的伙计还同他在互骂，且不知为什么互相用篙子乱打乱划起来，船又溜下滩去了。看那样子不是有一个人落水，就得两个人同时落水。"

有谁发问："为什么？"

邮船水手感慨似的说："还不是为那一张×！"

几人听着这件事，皆大笑不已。那年青小妇人，却长长的吁了一口气。

忽然河街上有个老年人嘶声的喊人：

"夭夭小婊子，小婊子婆，卖×的，你是怎么的，夹着那两片小×，一眨眼又跑到哪里去了！你来！……"

小妇人听门外街口有人叫她，把小嘴收敛做出一个爱娇的姿势，带着不高兴的神气自言自语说："叫骡子又叫了。你就叫吧。夭夭小婊子偷人去了！投河吊颈去了！"咬着下唇很有情致的盯了我一眼，拉开门，放进了一阵寒风，人却冲出去，消失到黑暗中不见了。

那邮船水手望了望小妇人去处那扇大门，自言自语的说："小婊子偏偏嫁老烟鬼，天晓得！"

于是大家便来谈说刚才走去那个小妇人的一切。屋主中年妇人，告给我那小妇人年纪还只十九岁，却为一个年过五十的老兵所占有。老兵原是一个烟鬼，虽占有了她，只要谁有土有财就让床让位。至于小妇人呢，人太年轻了点，对于钱毫无用处，却似乎常常想得很远很远。屋主人且为我解释很远很远那句话的意思，给我证明了先前一时我所感觉到的一件事情的真实。原来这小妇人虽生在不能爱好的环境里，却天生有种爱好的性格。老烟鬼用名分缚着了她的身体，然而那颗心却无从拘束。一只船无意中在码头边停靠了，这只船又恰恰有那么一个年青男子，一切派头都和水手不同，夭夭那颗心，将如何为这偶然而来的人跳跃！屋主人所说的话增加了我对于这个年青妇人的关心。我还想多知道一点，请求她告给我，我居然又知道了些不应当写在纸上的事情。到后来，谈起命运，那屋主人沉默了，众人也沉默了。各人眼望着熊熊的柴火，心中玩味着"命运"两个字的意义，而且皆俨然有一点儿痛苦。

我呢，在沉默中体会到一点"人生"的苦味。我不能给那个小妇人什么，也再不作给那水手一点点钱的打算了，我觉得他们的欲望同悲哀都十分神圣，我不配用钱或别的方法渗进他们命运里去，扰乱他们生活上那一份应有的哀乐。

下船时，在河边我听到一个人唱《十想郎》小曲，曲调卑陋，声音却清圆悦耳。我知道那是由谁口中唱出且为谁唱的。我站在河边寒风中痴了许久。

选自《湘行散记》，开明书店一九四六年十月版

箱子岩

十五年以前，我有机会独坐一只小篷船，沿辰河上行，停船在箱子岩脚下。一列青黛崭削的石壁，夹江高矗，被夕阳烘炙成为一个五彩屏障。石壁半腰约百米高的石缝中，有古代巢居者的遗迹，石罅隙间横横的悬撑起无数巨大横梁，暗红色长方形大木柜尚依然好好的搁在木梁上。岩壁断折缺口处，看得见人家茅棚同水码头，上岸喝酒下船过渡人也得从这缺口通过。那一天正是五月十五，河中人过大端阳节。箱子岩洞窟中最美丽的三只龙船，早被乡下人拖出浮在水面上。船只狭而长，船舷描绘有朱红线条，全船坐满了青年桨手，头腰各缠红布。鼓声起处，船便如一支没羽箭，在平静无波的长潭中来去如飞。河身大约一里路宽，两岸皆有人看船，大声呐喊助兴。且有好事者，从后山爬到悬岩顶上去，把"铺地锦"百子鞭炮从高岩上抛下，尽鞭炮在半空中爆裂，形成一团团五彩碎纸云尘。嘭嘭嘭嘭的鞭炮声与水面船中锣鼓声相应和，引起人对于历史回溯发生一种幻想，一点感慨。

当时我心想：多古怪的一切！两千年前那个楚国逐臣屈原，若本身不被放逐，疯疯癫癫来到这种充满了奇异光彩的地方，目击身经这些惊心动魄的景物，两千年来的读书人，或许就没有福分读《九歌》那类文章，中国文学史也就不会如现在的样子了。在这一段长长岁月中，世界上多少民族皆堕落了，衰老了，灭亡了。即如号称东亚大国的一片土地，也已经有过多少次被从西北方沙漠中远来的蛮族，骑了膘壮的马匹，手持强弓硬弩，长枪大戟，到处践踏蹂躏！（辛亥革命前夕，在这苗蛮杂处的一个边镇上，向土民最后一次大规模施行杀戮的统治者，就是一个北方清朝的宗室！辛亥以后，老袁梦想做皇帝时，又有两师北老在这里和滇军作战了大半年。）然而这地方的一切，虽在历史中照样发生不断的杀戮，争夺，以及一到改朝换代时，派人民担负种种不幸命运，死的因此死去，活的被逼迫留发，剪发，在生活上受新朝代种种限制与支配。然而细细一想，这些人根本上又似乎与历史毫无关系。从他们应付生存的方法与排泄感情的娱乐看上来，竟好像今古相同，不分彼此。这时节我所眼见的光景，或许就和两千年前屈原所见的完全一样。

那次我的小船停泊在箱子岩石壁下，附近还有十来只小渔船，大致打鱼人也有玩龙船竞渡的，所以渔船上妇女小孩们，无不十分兴奋，各站在尾梢上或船篷上锐声呼喊。其中有几个小孩子，我只担心他们太快乐兴奋了些，会把住家的小船跳沉。

日头落尽云影无光时，两岸渐渐消失在温柔暮色里。两岸看船人呼喝声越来越少，河面被一片紫雾笼罩，除了从锣鼓声中尚能辨别那些龙船方向，此外已别无所见。然而岩壁缺口处却人声嘈杂，且闻有小孩子哭声，有妇女们尖锐叫唤声，综合给人一种悠然不尽的感觉。天已经夜了，吃饭是正经事。我原先尚以为再等一会儿，那龙船一定就会傍近岩边来休息，被人拖进石窟里，在快乐呼喊中结束这个节日了。谁知过了许久，那种锣鼓声尚在河面飘荡着，表示一班人还不愿意离开小船，回转家中。待到我把晚饭吃过后，爬出舱外一望，呀，天上好一轮圆月。月光下石壁同河面，一切如镀了银，已完全变换了一种调子。岩壁缺口处水码头边，正有人用废竹缆或油柴燃着火燎，火光下只见许多穿白衣人的影子移动。问问船上水手，方知道那些人正把酒食搬移上船，预备分派给龙船上人。原来这些青年人白日里划了一整天船，看船的已慢慢散尽了，划船的还不尽兴，并且谁也不愿意扫兴示弱，先行上岸，因此三只龙船还得在月光下玩个上半夜。

提起这件事，使我重新感到人类文字语言的贫俭。那一派声音，那一种情调，真不是用文字语言可以形容的事情。向一个长年身在城市里住下，以读读《楚辞》就"神往意移"

的人，来描绘那月下竞舟的一切，更近于徒然的努力。我可以说的，只是自从我把这次水上所领略的印象保留到心上后，一切书本上的动人记载，全看得平平常常，不至于发生任何惊讶了。这正像我另外一时，看过人类许多不同花样的愚蠢杀戮，对于其余书上叙述到这件事情时，同样不能再给我如何感动。

十五年后我又有了机会乘坐小船沿辰河上行，应当经过箱子岩。我想温习温习那地方给我的印象，就要管船的不问迟早，把小船在箱子岩下停泊。这一天是十二月七号，快要过年的光景。没有太阳的阴沉酿雪天，气候异常寒冷。停船时还只下午三点钟左右，岩壁上藤萝草木叶子多已萎落，显得那一带斑驳岩壁十分瘦削。悬岩高处红木柜，只剩下三四具，其余早不知到哪儿去了。小船最先泊在岩壁下洞窟边，冬天水落得太多，洞口已离水面两三丈以上。我从石壁裂罅爬上洞口，到搁龙船处看了一下，旧船已不知坏了还是早被水冲去了，只见有四只新船搁在石梁上，船头还贴有鸡血同鸡毛，一望就明白是今年方下水的。出得洞口时，见岩下左边泊定五只渔船，有几个老渔婆缩颈敛手在船头寒风中修补渔网。上船后觉得这样子太冷落了，可不是个办法，就又要船上水手为我把小船撑到岩壁断折处有人家地方去，就便上岸，看看乡下人过年以前是什么光景。

四点钟左右,黄昏已逐渐腐蚀了山峦与树石轮廓,占领了屋角隅。我独自坐在一家小饭铺柴火边烤火。我默默的望着那个火光煜煜的枯树根,在我脚边很快乐的燃着,爆炸出轻微的声音。铺子里人来来往往,有些说两句话又走了,有些就来镶在我身边长凳上,坐下吸他的旱烟。有些来烘烘脚,把穿着湿草鞋的脚去热灰里乱搅。看看每一个人的脸子,我都发生一种奇异的乡情。这里是一群会寻快乐的正直善良的乡下人,有捕鱼的,打猎的,有船上水手和编制竹缆工人。若我的估计不错,那个坐在我身旁,伸出两只手向火,中指节有个放光顶针的,肯定还是一位乡村里的成衣人。这些人每到大端阳时节,都得下河去玩一整天的龙船。平常日子特别是隆冬严寒天气,却在这个地方,按照一种分定,很简单的把日子过下去。每日看过往船只摇橹扬帆来去,看落日同水鸟。虽然也同样有人事上的得失,到恩怨纠纷成一团时,就陆续发生庆贺或仇杀。然而从整个说来,这些人生活却仿佛同"自然"已相融合,很从容的各在那里尽其性命之理,与其他无生命物质一样,惟在日月升降寒暑交替中放射,分解。而且在这种过程中,人是如何渺小的东西,这些人比起世界上任何哲人,也似乎还更知道的多一些。

听他们谈了许久,我心中有点忧郁起来了。这些不辜负自然的人,与自然妥协,对历史毫无担负,活在这无人知道的地方。另外尚有一批人,与自然毫不妥协,想出种种方法来支配自然，违反自然的习惯，同样也那么尽寒暑交替，看日月升降。然而后者却在慢慢改变历史，创造历史。一份新的日月，行将消灭旧的一切。我们用什么方法，就可以使这些人心中感觉一种对"明天"的"惶恐"，且放弃过去对自然和平的态度，重新来一股劲儿，用划龙船的精神活下去？这些人在娱乐上的狂热，就证明这种狂热能换个方向，就可使他们还配在世界上占据一片土地，活得更愉快更长久一些。不过有什么方法，可以改造这些人的狂热到一件新的竞争方面去，可是个费思索的问题。

一个跛脚青年人，手中提了一个老虎牌新桅灯，灯罩光光的，洒着摇着从外面走进屋子。许多人见了他都同声叫唤起来："什长，你发财回来了！好个灯！"

那跛子年纪虽很轻，脸上却刻划了一种兵油子的油气与骄气，在乡下人中仿佛身分特高一层。把灯搁在木桌上，大洋洋的坐近火边来，拉开两腿摊出两只大手烘火，满不高兴的说："碰鬼，运气坏，什么都完了。"

"船上老八说你发了财，瞒我们。怕我们开借。"

"发了财，哼。用得着瞒你们？本钱去七角，桃源行市只一块零，除了上下开销，二百两货有什么捞头，我问你。"

这个人接着且连骂带唱的说起桃源后江娘儿们种种有趣的情形，使得一般人活泼兴奋起来。话说得正有兴味时，一个人来找他，说："什长，猪蹄膀炖好了，酒已热好了。"他搓搓手,说声"有偏各位",提起那个新桅灯就走了。

原来这个青年汉子,是个打鱼人的独生子。三年前被省城里募兵委员看中了招去,训练了三个月,就开到江西边境去同共产党打仗。打了半年仗,一班兄弟中只剩下他一个人好好的活着,奉令调回后防招募新军补充时,他因此升了班长。第二次又训练三个月,再开到前线去打仗。于是碎了一只腿,抬回省中军医院诊治,照规矩这只腿得用锯子锯去。一群同乡都以为从辰州地方出来的家乡人,"辰州符"比截割高明得多了,信他个洋办法像话吗?就把他从医院中抢出,在外边用老办法找人敷水药治疗。说也古怪,不到三个月,那只腿居然不必截割,全好了。战争是个什么东西他也明白了。取得了本营证明,领得了些伤兵抚恤费后,于是回到家乡来,用什长名义受同乡恭维,又用伤兵名义做点特别生意。这生意也就正是有人可以赚钱,有人可以犯法,政府也设局收税,也制定法律禁止,又可以杀头,又可以发财,那种从各方面说来都似乎极有出息的生意。我想弄明白那什长的年龄,从那个当地唯一成衣人口中,方知道这什长今年还只二十一岁。那成衣人还说:

"这小子看事有眼睛,做事有魄力,蹶了一只腿,还会一月一个来回下常德府,吃喝玩乐发财走好运。若两只腿全弄坏,那就更好了。"

有个水手插口说:"这是什么话。"

"什么画,壁上挂。穷人打光棍,一只腿打坏了不顶事。

如两只腿全打坏了,他就不会卖烟土走私赚了钱,再到桃源县后江玩花姑娘了!"

成衣人末后一句打趣话,把大家都弄笑了。

回船时,我一个人坐在灌满冷气的小小船舱中,屈指计算那什长年龄,二十一岁减十五,得到个数目是六。我记起十五年前那个夜里一切光景,那落日返照,那狭长而描绘朱红线条的船只,那锣鼓与热情兴奋的呼喊,……尤其是临近几只小渔船上欢乐跳掷的小孩子,其中一定就有一个今晚我所见到的跛脚什长。唉,历史,多么古怪的事物。生硬性痈疽的人,照旧式治疗方法,可用一星一点毒药敷上,尽它溃烂,到溃烂净尽时,再用药物使新的肌肉生长,人也就恢复健康了。这跛脚什长,我对他的印象虽异常恶劣,想起他就是一个可以溃烂这乡村居民灵魂的人物,不由人不寄托一种幻想……

二十年前澧州镇守使王正雅部队一个平常马夫,姓贺名龙,兵乱时,一菜刀切下了一个散兵的头颅,二十年后就得惊动三省集中十万军队来解决这马夫。谁个人会注意这小小节目,谁个人想象得到人类历史是用什么写成的!

选自《湘行散记》,开明书店一九四六年十月版

老　伴

　　我平日想到泸溪县时，回忆中就浸透了摇船人催橹歌声，且被印象中一点儿小雨，仿佛把心也弄湿了。这地方在我生活史中占了一个位置，提起来真使我又痛苦又快乐。

　　泸溪县城界于辰州与浦市两地中间，上距浦市六十里，下达辰州也恰好六十里。四面是山，对河的高山逼近河边，壁立拔峰，河水在山峡中流去。县城位置在洞河与沅水汇流处，小河泊船贴近城边，大河泊船去城约三分之一里。（洞河通称小河，沅水通称大河。）洞河来源远在苗乡，河口长年停泊了五十只左右小小黑色洞河船。弄船者有短小精悍的花帕苗，头包格子花帕，腰围短短裙子。有白面秀气的所里[①]人，说话时温文尔雅，一张口又善于唱歌。洞河既水急山高，河身转折极

---

① 所里：指湖南吉首。

多，上行船到此已不适宜于借风使帆。凡入洞河的船只，到了此地，便把风帆约成一束，作上个特别记号，寄存于城中店铺里去，等待载货下行时，再来取用。由辰州开行的沅水商船，六十里为一大站，停靠泸溪为必然的事。浦市下行船若预定当天赶不到辰州，也多在此过夜。然而上下两个大码头把生意全已抢去，每天虽有若干船只到此停泊，小城中商业却清淡异常。沿大河一方面，一个稍稍像样的青石码头也没有。船只停靠都得在泥滩与泥堤下，落了小雨，上岸下船不知要滑倒多少人！

十七年前的七月里，我带了"投笔从戎"的味儿，在一个"龙头大哥"兼"保安司令"的带领下，随同八百乡亲，乘了从高村抓封得到的三十来只大小船舶，浮江而下，来到了这个地方。靠岸停泊时正当傍晚，紫绛山头为落日镀上一层金色，乳色薄雾在河面流动。船只拢岸时摇船人照例促橹长歌，那歌声揉合了庄严与瑰丽，在当前景象中，真是一曲不可形容的音乐。

第二天，大队船只全向下游开拔去了，抛下了三只小船不曾移动。两只小船装的是旧棉军服，另一只小船，却装了十三名补充兵，全船中人年龄最大的一个十九岁，极小的一个十三岁。

十三个人在船上实在太挤了。船既不开动，天气又正热，挤在船上也会中暑发痧。因此许多人白日里尽光身泡在长河清

第一章　慢慢湘行记

流中，到了夜里，便爬上泥堤去睡觉。一群小子身上全是空无所有，只从城边船户人家讨来一大捆稻草，各自扎了一个草枕，在泥堤上仰面躺了五个夜晚。

这件事对于我个人不是一个坏经验。躺在尚有些微余热的泥土上，身贴大地，仰面向天，看尾部闪放宝蓝色光辉的萤火虫匆匆促促飞过头顶。沿河是细碎人语声，蒲扇拍打声，与烟杆剥剥的敲着船舷声。半夜后天空有流星曳了长长的光明下坠。滩声长流，如对历史有所陈诉埋怨。这一种夜景，实在为我终身不能忘掉的夜景！

到后落雨了，各人竞上了小船。白日太长，无法排遣，各自赤了双脚，冒着小雨，从烂泥里走进县城街上去观光。大街头江西人经营的布铺，铺柜中坐了白发皤然老妇人，庄严沉默如一尊古佛。大老板无事可做，只腆着肚皮，叉着两手，把脚拉开成为八字，站在门限边对街上檐溜出神。窄巷里石板砌成的行人道上，小孩子扛了大而朴质的雨伞，响着寂寞的钉鞋声。待到回船时，各人身上业已湿透，就各自把衣服从身上脱下，站在船头相互帮忙拧去雨水。天晚了，便满船是呛人的油气与柴烟。

在十三个伙伴中我有两个极要好的朋友。其中一个是我的同宗兄弟，名叫沈万林，年纪顶大，与那个在常德府开旅馆头戴水獭皮帽子的朋友，原来同在一个中营游击衙门里服务当差，终日栽花养金鱼，事情倒也从容悠闲。只是和上面管事

063

头目合不来,忽然对职务厌烦起来,把管他的头目打了一顿,自己也被打了一顿,因此就与我们作了同伴。其次是那个年纪顶轻的,名字就叫"开明",一个赵姓成衣人的独生子,为人伶俐勇敢,稀有少见。家中虽盼望他能承继先人之业,他却梦想作个上尉副官,头戴金边帽子,斜斜佩上条红色值星带,站在副官处台阶上骂差弁,以为十分神气。因此同家中吵闹了一次,负气出了门。这小孩子年纪虽小,心可不小!同我们到县城街上转了三次,就看中了一个绒线铺的和他年龄差不多的女孩子,问我借钱向那女孩子买了三次白棉线草鞋带子。他虽买了不少带子,那时节其实连一双多余的草鞋都没有,把带子买得同我们回转船上时,他且说:"将来若作了副官,当天赌咒,一定要回来讨那女孩子做媳妇。"那女孩子名叫"翠翠",我写《边城》故事时,弄渡船的外孙女,明慧温柔的品性,就从那绒线铺小女孩印象而来。我们各人对于这女孩子印象似乎都极好,不过当时却只有他一个人特别勇敢天真,好意思把那一点糊涂希望说出口来。

日子过去了三年,我那十三个同伴,有三个人由驻防地的辰州请假回家去,走到泸溪县境驿路上,出了意外的事情,各被土匪砍了二十余刀,流一摊血倒在大路旁死掉了。死去的三人中,有一个就是我那同宗兄弟。我因此得到了暂时还家的机会。

那时节军队正预备从鄂西开过四川就食,部队中好些年

第一章　慢慢湘行记

青人一律被遣送回籍。那保安司令官意思就在让各人的父母负点儿责：以为一切是命的，不妨打发小孩子再归营报到，担心小孩子生死的，自然就不必再来了。

我于是和那个伙伴并其他二十多个年青人，一同挤在一只小船中，还了家乡。小船上行到泸溪县停泊时，虽已黑夜，两人还进城去拍打那人家的店门，从那个女孩手中买了一次白带子。

到家不久，这小子大约不忘却作副官的好处，借故说假期已满，同成衣人爸爸又大吵了一架，偷了些钱，独自走下辰州了。我因家中无事可做，不辞危险也坐船下了辰州。我到得辰州老参将衙门报到时，方知道本军部队四千人，业已于四天前全部开拔过四川，所有相熟伙伴也完全走尽了。我们已不能过四川，改成为留守部人员。留守部只剩下一个上尉军需官，一个老年上校副官长，一个跛脚中校副官，以及两班新刷下来的老弱兵士。开明被派作勤务兵，我的职务为司书生，两人皆在留守部继续供职。两人既受那个副官长管辖，老军官见我们终日坐在衙门里梧桐树下唱山歌，以为我们应找点正经事做做，就想出个巧办法，派遣两人到附近城外荷塘里去为他钓蛤蟆。两人一面钓蛤蟆一面谈天，我方知道他下行时居然又到那绒线铺买了一次带子。我们把蛤蟆从水荡中钓来，剥了皮洗刷得干干净净后，用麻线捆着那东西小脚，成串提转衙门时，老军官就加上作料，把一半熏了下酒，剩下一半还托同乡带回家中去给老太太享受。我们这种工作一直延长到秋天，才换了另外一种。

过了约一年，有一天，川边来了个特急电报：部队集中驻扎在一个湖北边上来凤小县城里，正预备拉夫派捐回湘，忽然当地切齿发狂的平民，受当地神兵煽动，秘密约定由神兵带头打先锋，发生了民变，各自拿了菜刀、镰刀、撇麻砍柴刀，大清早分头猛扑各个驻军庙宇和祠堂来同军队作战。四千军队在措手不及情形中，一早上就放翻了三千左右。总部中除那个保安司令官同一个副官侥幸脱逃外，其余所有高级官佐职员全被民兵砍倒了。（事后闻平民死去约七千，半年内小城中随处还可发现白骨。）这通电报在我命运上有了个转机，过不久，我就领了三个月遣散费，离开辰州，走到出产香草香花的芷江县，每天拿了个紫色木戳，过各屠桌边验猪羊税去了。所有八个伙伴已在川边死去，至于那个同买带子同钓蛤蟆的朋友呢，消息当然从此也就断绝了。

整整过去十七年后，我的小船又在落日黄昏中，到了这个地方停靠下来。冬天水落了些，河水去堤岸已显得很远，裸露出一大片干枯泥滩。长堤上有枯苇刷刷作响，阴背地方还可看到些白色残雪。

石头城恰当日落一方，雉堞与城楼皆为夕阳落处的黄天衬出明明朗朗的轮廓，每一个山头仍然镀上了金，满河是橹歌浮动，（就是那使我灵魂轻举永远赞美不尽的歌声！）我站

第一章　慢慢湘行记

在船头，思索到一件旧事，追忆及几个旧人，黄昏来临，开始占领了整个空间。远近船只全只剩下一些模糊轮廓，长堤上有一堆一堆人影子移动，邻近船上炒菜落锅声音与小孩哭声杂然并陈。忽然间，城门边响了一声卖糖人的小锣，"铛……"

一双发光乌黑的眼珠，一条直直的鼻子，一张小口，从那一槌小锣声中重现出来。我忘了这份长长岁月在人事上所发生的变化，恰同小说书本上角色一样，怀了不可形容的童心，上了堤岸进了城。城中接瓦连椽的小小房子，以及住在这小房子里的人民，我似乎与他们都十分相熟。时间虽已过了十七年，我还能认识城中的道路，辨别城中的气味。

我居然没有错误，不久就走到了那绒线铺门前了。恰好有个船上人来买棉线：当他推门进去时，我紧跟着进了那个铺子。有这样希奇的事情吗？我见到的不正是那个女孩吗？我真惊讶得说不出话来。十七年前那小女孩就成天站在铺柜里一堵棉纱边，两手反复交换动作挽她的棉线，目前我所见到的，还是那么一个样子。难道我如浮士德一样，当真回到了那个"过去"了吗？我认识那眼睛，鼻子，和薄薄小嘴。我毫不含糊，敢肯定现在的这一个就是当年的那一个。

"要什么呀？"就是那声音，也似乎与我极其熟习。

我指定悬在钩上一束白色东西："我要那个！"

如今真轮到我这老军务来购买系草鞋的白棉纱带子了！当那女孩子站在一个小凳子上，去为我取钩上货物时，铺柜里火盆中有茶壶沸水声音，某一处有人吸烟声音。女孩子辫发上缠的是一绺白绒线，我心想："死了爸爸还是死了妈妈？"火盆边茶水沸了起来，小槅扇门后面有个男子哑声说话：

"小翠，小翠，水开了，你怎么的？"女孩子虽已即刻很轻捷灵便的跳下凳子，把水罐挪开，那男子却仍然走出来了。

真没有再使我惊讶的事了，在黄晕晕的煤油灯光下，我原来又见到了那成衣人的独生子！这人简直可说是一个老人。很显然的，时间同鸦片烟已毁了他。但不管时间同鸦片烟在这男子脸上刻下了什么记号，我还是一眼就认定这人便是那一再来到这铺子里购买带子的赵开明。从他那点神气看来，却决猜不出面前的主顾，正是同他钓蛤蟆的老伴。这人虽作不成副官，另一糊涂希望可终究被他达到了。我憬然觉悟他与这一家人的关系，且明白那个似乎永远年青的女孩子是谁的女儿了。我被"时间"意识猛烈的捆了一巴掌，摩摩我的面颊，一句话不说，静静的站在那儿看两父女度量带子，验看点数我给他的钱。完事时，我想多停顿一会儿，又借故买了点白糖，他们虽不卖白糖，老伴却十分热心出门为我向别一铺子把糖买来。他们那份安于现状的神气，使我觉得若用我身分惊动了他，就真是我的罪过。

我拿了那个小小包儿出城时，天已断黑，在泥堤上乱走。天上有一粒极大星子，闪耀着柔和悦目的光明。我瞅定这一粒星子，目不旁瞬。

第一章　慢慢湘行记

"这星光从空间到地球据说就得三千年，阅历多些，它那么镇静有它的道理。我现在还只三十岁刚过头，能那么镇静吗？……"

我心中似乎极其混乱，我想我的混乱是不合理的。我的脚正踏到十七年前所躺卧的泥堤上，一颗心跳跃着，勉强按捺也不能约束自己。可是，过去的，有谁能拦住不让它过去，又有谁能制止不许它再来？时间使我的心在各种变动人事上感受了点分量不同的压力，我得沉默，得忍受。再过十七年，安知道我不再到这小城中来？世界虽极广大，人可总像近于一种宿命，限制在一定范围内，经验到他的过去相熟的事情。

为了这再来的春天，我有点忧郁，有点寂寞。黑暗河面起了缥缈快乐的橹歌。河中心一只商船正想靠码头停泊。歌声在黑暗中流动，从歌声里我俨然彻悟了什么。我明白"我不应当翻阅历史，温习历史"。在历史前面，谁人能够不感惆怅？

但我这次回来为的是什么？自己询问自己，我笑了。我还愿意再活十七年，重来看看我能看到难于想象的一切。

选自《湘行散记》，开明书店一九四六年十月版

虎雏再遇记

四年前我在上海时,曾经做过一次荒唐的打算,想把一个年龄只十四岁,生长在边陬僻壤,小豹子一般的乡下人,用最文明的方法试来造就他。虽事在当日,就经那小子的上司预言,以为我一切设计将等于白费,所有美好的设想,到头必不免落空,我却仍然不可动摇的按照计划做去。我把那小子放在身边,勒迫他读书,打量改造他的身体改造他的心,希望他在我教育下将来成个知识界伟人。谁知不到一个月,就出了意外事情,那理想中的伟人,在上海滩生事打坏了一个人,从此便失踪。一切水得归到海里,小豹子也只宜于深山大泽方能发展他的生命。我明白闹出了乱子以后,他必有他的生路。对于这个人此后的消息,老实说,数年来我就不大再关心了。但每当我想及自己所做那件傻事时,总不免为自己的傻处发笑。

第一章　慢慢湘行记

　　这次湘行到达辰州地方后,我第一个见到的就是那只小豹子。除了手脚身个子长大了一些,眉眼还是那么有精神,有野性。见他时,我真是又惊又喜。当他把我从一间放满了兰草与茉莉的花房里引过,走进我哥哥住的一间大房里去,安置我在火盆边大柚木椅上坐下时,我一开口就说:

　　"祖送,祖送,你还活在这儿,我以为你在上海早被人打死了!"

　　他有点害羞似的微笑了,一面为我倒茶一面却轻轻的说:

　　"打不死的,日晒雨淋吃小米包谷长大的人,哪会轻易给人打死!"

　　我说:"我早知道你打不死,而且你还一定打死了人。我一切都知道。(说到这里时,我装成一切清清楚楚的神气。)你逃了,我明白你是什么诡计。你为的是不愿意跟在我身边好好读书,只想落草为王,故意生事逃走。可是你害得我们多难受!那教你算学的长胡子先生,自从你失踪后,他在上海各处托人打听你,奔跑了三天,为你差点儿不累倒!"

　　"那山羊胡子先生找我吗?"

　　"什么,'山羊胡子先生!'"这字眼儿真用得不雅相,不斯文。被他那么一说,我预备要说的话也接不下去了。

　　可是我看看他那双大手以及右手腕上那个夹金表,就明白我如今正是同一个大兵说话,并不是同四年前那个"虎雏"说话了。我错了,得纠正自己。于是我模仿粗暴笑了一下,且学作军官们气魄向他说：

"我问你，你为什么打死人，怎么又逃了回来？不许瞒我一字，全为我好好说出来！"

他仍然很害羞似的微笑着，告给我那件事情的一切经过。旧事重提，虽然在他这种人并不什么习惯，因此不多久，他就把话改到目前一切来了。他告我上一个月在铜仁方面的战事，本军死了多少人。且告我乡下种种情形，家中种种情形。谈了大约一点钟，我那哥哥穿了他新作的宝蓝缎面银狐长袍，夹了一大卷京沪报纸，口中嘘嘘吹着奇异调门，从军官朋友家里谈论政治回来了，我们的谈话方始中断。

到我生长那个石头城苗乡里去，我的路程应当有四个日子，两天坐原来那只小船，两天还坐了小而简陋的山轿，走一段长长的山路。在船上虽一切陌生，我还可以用点钱使划船的人同我亲热起来。而且各个码头吊脚楼的风味，永远又使我感觉十分新鲜。至于这样严冬腊月，坐两整天的轿子，路上过关越卡，且得经过几处出过杀人流血案子的地方，第一个晚上，又必须在一个最坏的站头上歇脚，若没有熟人，可真有点麻烦了。吃晚饭时，我向我那个哥哥提议，借这个副爷送我一趟。因此第二天上路时，这小豹子就同我一起上了路。临行时哥哥别的不说，只嘱咐他"不许同人打架"。看那样子，就可知道"打架"还是这个年青人唯一的快乐行业。

第一章　慢慢湘行记

在船上我得了同他对面谈话的方便，方知道他原来八岁里就用石头从高处砸坏了一个比他大过五岁的敌人。上海那件事发生时，在他面前倒下的，算算已是第三个了。近四年来因为跟随我那上校弟弟驻防溆浦，派归特务连服务，于是在正当决斗情形中，倒在他面前的敌人数目比从前又增加了一倍。他年纪到如今只十八岁，就亲手放翻了六个敌人，而且照他说来，敌人全超过了他一大把年龄。好一个漂亮战士！这小子大致因为还有点怕我，所以在我面前还装得怪斯文，一句野话不说，一点蛮气不露，单从那样子看来，我就不很相信他能同什么人动手，而且一动手必占上风。

船上他一切在行，篙桨皆能使用，做事时灵便敏捷，似乎比那个小水手还得力。船搁了浅，弄船人无法可想，各跳入急水中去扛船时，他也就把上下衣服脱得光光的，跳到水中去帮忙。（我得提一句，这是十二月！）

照风气，一个体面军官的随从，应有下列几样东西：一个奇异牌的手电灯，一枚金手表，一支匣子炮。且同上司一样，身上军服必异常整齐。手电灯用来照路，内地真少不了它。金手表则当军官发问："护兵，什么时候了？"就举起手看一看来回答。至于匣子炮，用处自然更多了。我那弟弟原是一个射击选手，每天出野外去，随时皆有目标拍的来那么一下。有时自己不动手，必命令勤务兵试试看。（他们每次出门至少得耗去半夹子弹。）但这小豹子既跟在我身边，带枪上路除了惹祸可以说毫无用处。我既不必防人刺杀，同时也无意打人一枪，故临行时我不让他佩枪，且要他把军服换上一套爱国呢中山服。解除了武装，看样子，他已完全不像个军人，只近于一个好弄喜事的中学生了。

我不曾经提到过，我这次回来，原是翻阅一本用人事组成的历史吗？当他跳下水去扛船时，我记起四年前他在上海与我同住的情形。当时我曾假想他过四年后能入大学一年级。现在呢，这个人却正同船上水手一样，为了帮水手忙扛船不动，又湿淋淋的攀着船舷爬上了船，捏定篙子向急水中乱打，且笑嘻嘻的大声喊嚷。我在船舱里静静的望着他，我心想：幸好我那荒唐打算有了岔儿，既不曾把他的身体用学校锢定，也不曾把他的性灵用书本锢定。这人一定要这样发展才像个人！他目前一切，比起住在城里大学校的大学生，开运动会时在场子中呐喊吆喝两声，饭后打打球，开学日集合好事同学通力合作折磨折磨新学生，派头可来得大多了。

等到船已挪动水手皆上了船时，我喊他：

"祖送，祖送，唉唉，你不冷吗？快穿起你的衣来！"

他一面舞动手中那支篙子，一面却说：

"冷呀，我们在辰州前些日子还邀人泅过大河！"

到应吃午饭时，水手无空闲，船上烧水煮饭的事完全由他做。

把饭吃过后，想起临行时哥哥嘱咐他的话，要他详详细细的来告给我那一点把对手放翻时的"经验",以及事前事后的"感想"。"故事"上半天已说过了,我要明白的只是故事对于他本人的"意义"。我在他那种叙述上,我敢说我当真学了一门希奇的功课。

他的坦白,他的口才,皆帮助我认识一个人一颗心在特殊环境下所有的式样。他虽一再犯罪却不应受何种惩罚。他并不比他的敌人如何强悍,不过只是能忍耐,知等待机会,且稍稍敏捷准确一点儿罢了。当他一个人被欺侮时,他并不即刻发作,他显得很老实,沉默,且常常和气的微笑。"大爷,你老哥要这样,还有什么话说吗?谁敢碰你老哥?请老哥海涵一点……"可是,一会儿,"小宝"飕的抽出来,或是一板凳一柴块打去,这"老哥"在措手不及情形中,哽了一声便被他弄翻了。完事后必须跑的自然就一跑,不管是税卡,是营上,或是修械厂,到一个新地方,住在棚里闲着,有什么就吃什么,不吃也饿得起,一见别人做事,就赶快帮忙去做,用勤快溜刷引起头目的注意。直到补了名字,因此把生活又放在一个新的境遇新的门路上当作赌注押去。这个人打去打来总不离开军队,一点生存勇气的来源却亏得他家祖父是个为国殉职的游击。"将门之子"的意识,使他到任何境遇里皆能支撑能忍受。他知道游击同团长名分差不多,他希望作团长。他记得一句格言:"万丈高楼平地起。"他因此永远能用起码名分在军队里混。

对于这个人的性格我不希奇,因为这种性格从三厅①屯垦军子弟中随处可以发现。我只希奇他的命运。

小船到辰河著名的"箱子岩"上游一点,河面起了风,小船拉起一面风帆,在长潭中溜去。我正同他谈及那老游击在台湾与日本人作战殉职的遗事,且劝他此后忍耐一点,应把生命押在将来对外战争上,不宜于仅为小小事情轻生决斗。想要他明白私斗一则不算角色,二则妨碍事业。见他把头低下去,长长的叹了一口气,我以为所说的话有了点儿影响,心中觉得十分快乐。

经过一个江村时,有个跑差军人身穿军服斜背单刀正从一只方头渡船上过渡,一见我们的小船,装载极轻,走得很快,就喊我们停船,想搭便船上行。船上水手知道包船人的身分,就告给那军人,说不方便,不能停船。

赶差军人可不成,非要我们停船不可。说了些恐吓话,水手还是不理会。我正想告给水手要他收帆停船,让那个军人搭坐搭坐,谁知那军人性急火大,等不得停船,已大声辱骂起来了。小豹子原蹲在船舱里,这时方爬出去打招呼:

"弟兄,弟兄,对不起,请不要骂!我们船小,也得赶路。后面有船来,你搭后面那一只船吧。"

那一边看看船上是一个中学生样子人物,就说:

---

① 三厅:清朝所设凤凰、乾州、永绥三个直隶厅的总称。

"什么对不起，赶快停停！掌舵的，你不停船我×你的娘，到码头时我要用刀杀你这狗杂种！"

那个掌艄人正因为风紧帆饱，一面把帆绳拉着，一面就轻轻的回骂："你杀我个鸡公，我怕你！"

小豹子却依然向那军人很和气的说："弟兄，弟兄，你不要骂人！全是出门人，不要开口就骂人！"

"我要骂人怎么样，我骂你，我就骂你，……你到码头等我！"

我担心这口舌，便喊叫他："祖送！"

小豹子被那军人折辱了，似乎记起我的劝告，一句话不说，摇摇头，默然钻进了船舱里。只自言自语的说："开口就骂人，不停船就用刀吓人，真丢我们军人的丑。"

那时节跑差军人已从渡船上了岸，还沿河追着我们的小船大骂。

我说："祖送，你同他说明白一下好些，他有公事我们有私事，同是队伍里的人，请他莫骂我们，莫追我们。"

"不讲道理让他去，不管他。他疑心这小船上有女人，以为我们怕他！"

小船挂帆走风，到底比岸上人快一些，一会儿，转过山岨时，那个军人就落后了。

小船停到××时，水手全上岸买菜去了，小豹子也上岸买菜去了，各人去了许久方回来。把晚饭吃过后，三个水手又说

得上岸有点事,想离开船,小豹子说:

"你们怕那个横蛮兵士找来,怕什么?不要走,一切有我!这是大码头,有部队驻扎在这里,凡事得讲个道理!"

几个船上人虽分辩,仍然一同匆匆上岸去了。

到了半夜水手们还不回来睡觉,我有点担心,小豹子只是笑。我说:

"几个人别叫那横蛮军人打了,祖送,你上去找找看!"

他好像很有把握笑着说:"让他们去,莫理他们。他们上烟馆同大脚妇人吃荤烟去了,不会挨打。"

"我担心你同那兵士打架,惹了祸真麻烦我。"

他不说什么,只把手电灯照他手上的金表,大约因为表停了,轻轻的骂了两句野话。待到三个水手回转船上时,已半夜过了。

第二天一早,天还未大明,船还不开头,小豹子就在被中咕喽咕喽笑。我问他笑些什么,他说:

"我夜里做梦,居然被那横蛮军人打了一顿。"

我说:"梦由心造,明明白白是你昨天日里想打他,所以做梦就挨打。"

那小豹子睡眼迷蒙的说:"不是日里想打他,只是昨天煞黑时当真打了那家伙一顿!"

"当真吗?你不听我话,又闹乱子打架了吗?"

"哪里哪里,我不会同谁打什么架!"

"你自己承认的,我面前可说谎不得!你说谎我不要你跟我。"

他知道他露了口风,把话说走,就不再作声了,咕咕笑将起来。原来昨天上岸买菜时,他就在一个客店里找着了那军人,把那军人嘴巴打歪,并且差一点儿把那军人膀子也弄断了。我方明白他昨天上岸买菜去了许久的理由。

选自《湘行散记》,开明书店一九四六年十月版

第二章 人间不了情

我行过许多地方的桥,看过许多次数的云,喝过许多种类的酒,却只爱过一个正当最好年龄的人。

由达园致张兆和

"我行过许多地方的桥,看过许多次数的云,喝过许多种类的酒,却只爱过一个正当最好年龄的人。"

××:

你们想一定很快要放假了。我要玖到××来看看你,我说:"玖,你去为我看看××,等于我自己见到了她。去时高兴一点,因为哥哥是以见到××为幸福的。"不知道玖来过没有?玖大约秋天要到北平女子大学学音乐,我预备秋天到青岛去。这两个地方都不像上海,你们将来有机会时,很可以到各处去看看。北平地方是非常好的,历史上为保留下一些有意义极美丽的东西,物质生活极低,人极和平,春天各处可放风筝,夏天多花,秋天有云,冬天刮风落雪,气候使人严肃,同时也使人平静。××毕了业若还要读几年书,倒是来北平读书好。

你的戏不知已演过了没有？北平倒好，许多大教授也演戏，还有从女大毕业的，到各处台上去唱昆曲，也不为人笑话。使戏子身分提高，北平是和上海稍稍不同的。

听说××到过你们学校演讲，不知说了些什么话。我是同她顶熟的一个人，我想她也一定同我初次上台差不多，除了红脸不会有再好的印象留给学生。这真是无办法的，我即或写了一百本书，把世界上一切人的言语都能写到文章上去，写得极其生动，也不会作一次体面的讲话。说话一定有什么天才，×××是大家明白的一个人，说话嗓子洪亮，使人倾倒，不管他说的是什么空话废话。天才还是存在的。

我给你那本书，《××》同《丈夫》都是我自己欢喜的，其中《丈夫》更保留到一个最好的记忆，因为那时我正在吴淞，因爱你到要发狂的情形下，一面给你写信，一面却在苦恼中写了这样一篇文章。我照例是这样子，做得出很傻的事，也写得出很多的文章，一面糊涂处到使别人生气，一面清明处，却似乎比平时更适宜于做我自己的事。××，这时我来同你说这个，是当一个故事说到的，希望你不要因此感到难受。这是过去的事情，这些过去的事，等于我们那些死亡了最好的朋友，值得保留在记忆里，虽想到这些，使人也仍然十分惆怅，可是那已经成为过去了。这些随了岁月而消失的东西，都不能再在同样情形下再现了的，所以说，现在只有那一篇文章，代替我保留到一些生活的意义。这文章得到许多好评，我反而十分难过,任什么人皆不知道我为了什么原因,写出一篇这样文章,使一些下等人皆以一个完美的人格出现。

我近日来看到过一篇文章,说到似乎下面的话:"每人都有一种奴隶的德性,故世界上才有首领这东西出现,给人尊敬崇拜。因这奴隶的德性,为每一人不可少的东西,所以不崇拜首领的人,也总得选择一种机会低头到另一种事上去。"××,我在你面前,这德性也显然存在的。为了尊敬你,使我看轻了我自己一切事业。我先是不知道我为什么这样无用,所以还只想自己应当有用一点。到后看到那篇文章,才明白,这奴隶的德性,原来是先天的。我们若都相信崇拜首领是一种人类自然行为,便不会再觉得崇拜女子有什么希奇难懂了。

你注意一下,不要让我这个话又伤害到你的心情,因为我不是在窘你做什么你所做不到的事情,我只在告诉你,一个爱你的人,如何不能忘你的理由。我希望说到这些时,我们都能够快乐一点,如同读一本书一样,仿佛与当前的你我都没有多少关系,却同时是一本很好的书。

我还要说,你那个奴隶,为了他自己,为了别人起见,也努力想脱离羁绊过。当然这事做不到,因为不是一件容易事情。为了使你感到窘迫,使你觉得负疚,我以为很不好。我曾做过可笑的努力,极力去同另外一些人要好,到别人崇拜我愿意做我的奴隶时,我才明白,我不是一个首领,用不着别的女人用奴隶的心来服侍我,却愿意自己做奴隶,献上自己的心,给我所爱的人。我说我很顽固的爱你,这种话到现在还不能用别的话来代替,就因为这是我的奴性。

××,我求你,以后许可我做我要做的事,凡是我要向你说什么时,你都能当我是一个比较愚蠢还并不讨厌的人,让我有一种机会,说出一些有奴性的卑屈的话,这点点是你容易办到的。你莫想,每一次我说到"我爱你"时你就觉得受窘,你也不用说"我偏不爱你",作为抗拒别人对你的倾心。你那打算是小孩子的打算,到事实上却毫无用处的。有些人对天成日成夜说,"我赞美你,上帝!"有些人又成日成夜对人世的皇帝说,"我赞美你,有权力的人!"你听到被称赞的"天"同"皇帝",以及常常被称赞的日头同月亮,好的花,精致的艺术回答说"我偏不赞美你"的话没有?一切可称赞的,使人倾心的,都像天生就是这个世界的主人,他们管领一切,统治一切,都看得极其自然,毫不勉强。一个好人当然也就有权力使人倾倒,使人移易哀乐,变更性情,而自己却生存到一个高高的王座上,不必作任何声明。凡是能用自己各方面的美攫住别的人灵魂的,他就有无限威权,处置这些东西,他可以永远沉默,日头,云,花,这些例举不胜举。除了一只莺,他被人崇拜处,原是他的歌曲,不应当哑口外,其余被称赞的,大都是沉默的。××,你并不是一只莺。一个皇帝,吃任何阔气东西他都觉得不够,总得臣子恭维,用恭维

第二章 人间不了情

作为营养，他才适意，因为恭维不甚得体，所以他有时还发气骂人，让人充军流血。××，你不会像帝皇。一个月亮可不是这样的，一个月亮不拘听到任何人赞美，不拘这赞美如何不得体，如何不恰当，它不拒绝这些从心中涌出的呼喊。××，你是我的月亮。你能听一个并不十分聪明的人，用各样声音，各样言语，向你说出各样的感想，而这感想却因为你的存在，如一个光明，照耀到我的生活里而起的，你不觉得这也是生存里一件有趣味的事吗？

"人生"原是一个宽泛的题目，但这上面说到的，也就是人生。

为帝王作颂的人，他用口舌"娱乐"到帝王，同时他也就"希望"到帝王。为月亮写诗的人，他从它照耀到身上的光明里，已就得到他所要的一切东西了。他是在感谢情形中而说话的，他感谢他能在某一时望到蓝天满月的一轮。××，我看你同月亮一样。……是的，我感谢我的幸运，仍常常为忧愁扼着，常常有苦恼（我想到这个时，我不能说我写这个信时还快乐）。因为一年内我们可以看过无数次月亮，而且走到任何地方去，照到我们头上的，还是那个月亮。这个无私的月不单是各处皆照到，并且从我们很小到老还是同样照到的。至于你，"人事"的云翳，却阻拦到我的眼睛，我不能常常看到我的月亮！一个白日带走了一点青春，日子虽不能毁坏我印象里你所给我的光明，却慢慢的使我不同了。"一个女子在诗人的诗

087

中，永远不会老去，但诗人，他自己却老去了。"我想到这些，我十分忧郁了。生命都是太脆薄的一种东西，并不比一株花更经得住年月风雨，用对自然倾心的眼，反观人生，使我不能不觉得热情的可珍，而看重人与人凑巧的藤葛。在同一人事上，第二次的凑巧是不会有的。我生平只看过一回满月。我也安慰自己过，我说："我行过许多地方的桥，看过许多次数的云，喝过许多种类的酒，却只爱过一个正当最好年龄的人。我应当为自己庆幸，……"这样安慰到自己也还是毫无用处，为"人生的飘忽"这类感觉，我不能够忍受这件事来强作欢笑了。我的月亮就只在回忆里光明全圆，这悲哀，自然不是你用得着负疚的，因为并不是由于你爱不爱我。

仿佛有些方面是一个透明了人事的我，反而时时为这人生现象所苦，这无办法处，也是使我只想说明却反而窘了你的理由。

××，我希望这个信不是窘你的信。我把你当成我的神，敬重你，同时也要在一些方便上，诉说到即或是真神也很糊涂的心情，你高兴，你注意听一下，不高兴，不要那么注意吧。天下原有许多希奇事情，我××××十年，都缺少能力解释到它，也不能用任何方法说明，譬如想到所爱的一个人的时候，血就流走得快了许多，全身就发热作寒，听到旁人提到这人的名字，就似乎又十分害怕，又十分快乐。究竟为什么原因，任何书上提到的都说不清楚，然而任何书上也总时常

第二章　人间不了情

提到。"爱"解作一种病的名称，是一个法国心理学者的发明，那病的现象，大致就是上述所及的。

你是还没有害过这种病的人，所以你不知道它如何厉害。有些人永远不害这种病，正如有些人永远不患麻疹伤寒，所以还不大相信伤寒病使人发狂的事情。××，你能不害这种病，同时不理解别人这种病，也真是一种幸福。因为这病是与童心成为仇敌的，我愿意你是一个小孩子，真不必明白这些事。不过你却可以明白另一个爱你而害着这难受的病的痛苦的人，在任何情形下，却总想不到是要窘你的。我现在，并且也没有什么痛苦了，我很安静，我似乎为爱你而活着的，故只想怎么样好好的来生活。假使当真时间一晃就是十年，你那时或者还是眼前一样，或者已做了某某大学的一个教授，或者自己不再是小孩子，倒已成了许多小孩子的母亲，我们见到时，那真是有意思的事。任何一个作品上，以及任何一个世界名作者的传记上，最动人的一章，总是那人与人纠纷藤葛的一章。许多诗是专为这点热情的指使而写出的，许多动人的诗，所写的就是这些事，我们能欣赏那些东西，为那些东西而感动，却照例轻视到自己，以及别人因受自己所影响而发生传奇的行为，这个事好像不大公平。因为这个理由，天将不许你长是小孩子。"自然"使苹果由青而黄，也一定使你在适当的时间里，转为一个"大人"。××，到你觉得你已经不是小孩子，愿意做大人时，我倒极希望知道你那时在什么地方做些什么事，有些什么感想。"萑苇"是易折的，"磐石"是难动的，我的生命等于"萑苇"，爱你的心希望它能如"磐石"。

望到北平高空明蓝的天，使人只想下跪，你给我的影响恰如这天空，距离得那么远，我日里望着，晚上做梦，总梦到生着翅膀，向上飞举。向上飞去，便看到许多星子，都成为你的眼睛了。

××，莫生我的气，许我在梦里，用嘴吻你的脚，我的自卑处，是觉得如一个奴隶蹲到地下用嘴接近你的脚，也近于十分亵渎了你的。

我念到我自己所写的"萑苇是易折的，磐石是难动的"时候，我很悲哀。易折的萑苇，一生中，每当一次风吹过时，皆低下头去，然而风过后，便又重新立起了。只有你使它永远折伏，永远不再作立起的希望。

一九三一年六月

选自《从文家书》，上海远东出版社一九九六年二月版

泊曾家河
——三三专利读物

　　我的小船已泊到曾家河。在几百只大船中间这只船真是个小物件。我已吃过了夜饭，吃的是辣子、大蒜、豆腐干。我把好菜同水手交换素菜，交换后真是两得其利。我饭吃得很好。吃过了饭，我把前舱缝缝罅罅用纸张布片塞好，再把后舱用被单张开，当成幔子一挂，且用小刀将各个通风处皆用布片去扎好，结果我便有了间"单独卧房"了。

　　你只瞧我这信上的字写得如何整齐，就可知船上做事如何方便了。我这时倚在枕头旁告你一切，一面写字，一面听到小表嘀嘀哒哒，且听到隔船有人说话，岸上则有狗叫着。我心中很快乐，因为我能够安静同你来说话！

　　说到"快乐"时我又有点不足了，因为一切纵妙不可言，缺少个你，还不成的！我要你，要你同我两人来到这小船上，才有意思！

我感觉得到，我的船是在轻轻的，轻轻的在摇动。这正同摇篮一样，把人摇得安眠，梦也十分和平。我不想就睡。我应当痴痴的坐在这小船舱中，且温习你给我的一切好处。三三，这时节还只七点三十分，说不定你们还刚吃饭！

我除了夸奖这条河水以外真似乎无话可说了。你来吧，梦里尽管来吧！我先不是说冷吗？放心，我不冷的。我把那头用布拦好后，已很暖和了。这种房子真是理想的房子，这种空气真是标准空气。可惜得很，你不来同我在一处！

我想睡到来想你，故写完这张纸后就不再写了。我相信你从这纸上也可以听到一种摇橹人歌声的，因为这张纸差不多浸透了好听的歌声！

你不要为我难过，我在路上除了想你以外，别的事皆不难过的。我们既然离开了，我这点难过处实在是应当的、不足怜悯的。

二哥
一月十三下八时

选自《湘行集》，岳麓书社一九九二年十二月版

水手们

——三三专利读物

  天气真冷。昨晚船歇到曾家河,睡得不好,醒了许多次,全是冷醒的。醒了以后就有许久不能再睡去,常常擦自来火看小表的时间。皮袍子全搭到上面还不济事,我悔当时不肯带褥子来。

  睡不着时我就心想:若落点雪多好。照南方规矩,天太冷了必落雪,一落了雪天就暖和了。天亮时船篷沙沙的响,有人说"落了雪",我忘了天气,只描摹那雪景。到后天已大亮时,看看雪已落了很多。气候既不转好,各个船又不能开动,你想,半路上停顿下来多急人。这样蹲下去两头无着,我是受不了的。我的船既是包定的,我的日子又有限度,不开船可不行!故我为他们称几斤鱼,这几斤鱼把船弄活动了,这时节的船,已离开原泊地方二十多里了。天气还是极冷,船仍然在用篙桨前进,两岸全是白色,河水清明如玉。一切都好得很！我要你！倘若两个人在这小船上，就一切全不怕了。想到南方天气已那么冷，北方还不知冻到什么样子。我恐怕你寂寞得很，又怕你被人麻烦，被事麻烦，我因此事也做不下去。

这船今天能歇到什么地方，我不明白，船上人也不明白。这时已十二点钟，两岸有鸡叫，有狗叫，有人吵骂声音，我算算你们应在桌边吃午饭了。我估计你们也正想到我。我心里很烦乱……

今天太冷，我的画也不能着手了。我只坐在被盖里，把纸本子搁在膝上写信，但一面写字一面就不快乐。我忙着到家，也忙着回转北平，但是天知道，这小船走得却如何慢！天气既那么冷，还得使三个划船人在水里风里把船弄上去，心中又不安。使他们高兴倒容易，晚上各人多吃半斤肉，这船就可以在水面上飞。可是我自己，却应当怎么办？三三，我自己真不知道如何办。做了点文章，又做不下去。校改了自己的书一遍，又觉得书也写得平平常常，不足注意。看看四丫头的相同你的相，就想起为四丫头改的文章，还无完成的希望，不知远处有个候补作家，正在如何怨我。照照镜子，镜中的我可瘦得怕人。当真的，人这样瘦，见了家中人又怎么办？我实在希望我回到家中时较肥一点，但天气那么坏，船那么慢，你隔得我又那么远，我有什么办法可以胖些？这么走路上可能要廿多天！

第二章 人间不了情

我心里有点着急。但是莫因我的着急便难过。在船上的一个，是应当受点罪，请把好处留给我回来，把眼泪与一切埋怨皆留到我回来再给我，现在还是好好的做事，好好的过日子吧。

我想我的信一定到得不大有秩序，我还担心有些信你收不到。因为在平汉车上发的六七封信，差不多全是交托车站上巡警发的，那些巡警即或不至于把信失掉，也许一搁在袋子里就是两天，保不定长沙的信到时，河南的信反而不到！

我又听到摇橹人歌声了，好听得很。但越好听也就越觉得船上没有你真无意思……

三三，我今天离开你一个礼拜了。日子在旅行人看来真不快，因为这一礼拜来，我不为车子所苦，不为寒冷所苦，不为饮食马虎所苦，可是想你可太苦了。

路上的鱼很好，大而活鲜鲜的鱼，一毛二分钱一斤，用白水煮熟实在好吃得很。这河里原本出好鱼，最好的是青鱼，鲜得如海味，你不吃过也就想不到那个好处。

船停了，真静。一切声音皆像冷得凝固了，只有船底的水声，轻轻的轻轻的流过去。这声音使人感觉到它，几乎不是耳朵，却只是想象。但当真却有声音。水手在烤火，在默默的烤火。

说到水手，真有话说了。三个水手有两个每说一句话中必有个野话字眼儿在前面或后面，我一天来已跟他们学会三十句野话。他们说野话同使用符号一样,前后皆很讲究。倘若不用,那么所说正文也就模糊不清了。我很希奇,不明白他们从什么方面学来这种野话。

船又开了,为了开船,这船上舵手同水手谈论天气,我试计算计算,十九句话中就说了十七个坏字眼儿。仿佛一世的怨愤,皆得从这些野话上发泄,方不至于生病似的。说到他们的怨愤,我又想起这些人的生活来了。我这次坐这小船,说定了十五块钱到地。吃白饭则一千文一天,合一角四分。大约七天方可到地,船上共用三人,除掉舵手给另一岸上船主租钱五元外,其余轮派到水手的,至多不过两块钱。即作为两块钱,则每天仅两毛多一点点。像这样大雪天气,两毛钱就得要人家从天亮拉起一直到天黑,遇应当下水时便即刻下水,你想,多不公平的事!但这样船夫在这条河里至少就有卅万,全是在能够用力时把力气卖给人,到老了就死掉的。他们的希望只是多吃一碗饭,多吃一片肉,拢岸时得了钱,就拿去花到吊脚楼上女人身上去,一回两回,钱完事了,船又应当下行了。天气虽有冷热,这些人生活却永远是一样的。他们也不高兴,为了船搁浅,为了太冷太热,为了租船人太苛刻。他们也常大笑大乐,为了顺风扯篷,为了吃酒吃肉,为了说点粗糙的关于女人的故事。他们也是个人,但与我们都市上的所谓"人"却相离多远!一看到这些人说话,一同到这些人接近,就使我想起一件事情,我想好好的来写他们一次。我相信若我

第二章　人间不了情

动手来写，一定写得很好。但我总还嫌力量不及，因为本来这些人就太大了。三三，这些船夫你若见到时，一定也会发生兴味的。船夫分许多种，最活泼有趣勇敢耐劳的为麻阳籍水手，大多数皆会唱会闹，做事一股劲儿，带点憨气，且野得很可爱。麻阳人划船成为专业，一条辰河至少就应当有廿万麻阳船夫。这些人的好处简直不是一个人用口说得尽的，你若来，你只需用眼睛一看就相信我的话了。我过一阵下行，就想搭麻阳船。

三三，你若坐了一次这样小船，文章也一定可以写得好多了。因为船上你就可以学许多，水上你也可以学许多，两岸你还可以学许多！

我回来时当为你照些水手相来，还为你照个住吊脚楼的青年乡下妓女相来（只怕片子太少，到了城中就完事了）。这些人都可爱得很，你一定欢喜他们。

我颈脖也写木了，位置不对，我歇歇，晚上在蜡烛下再告你些。

二哥
十四下午一点

选自《湘行集》，岳麓书社一九九二年十二月版

鸭窠围清晨

这时已七点四十分了,天还不很亮。两山过高,故天亮较迟。船上人已起身,在烧水扫雪,且一面骂野话玩着。对于天气,含着无可奈何的诅咒。木筏正准备下行,许多从吊脚楼上妇人处寄宿的人,皆正在下河,且互相传着一种亲切的话语。许多筏上水手则各在移动木料。且听到有人锐声装女人无意思的天真烂漫的唱着,同时便有斧斤声和锤子敲木头的声音。我的小船也上了篷,着手离岸了。

昨晚天气虽很冷,我倒好。我明白冷的原因了。我把船舱通风处皆杜塞了一下,同时却穿了那件旧皮袍睡觉。半夜里手脚皆暖和得很,睡下时与起床时也很舒服方便。我小船的篷业已拉起,在潭里移动了。只听到人隔河岸"牛保,牛保,到哪里去了?"河这边等了许久,方仿佛从吊脚楼上一个妇人被里逃出,爬在窗边答着:"宋宋,宋宋,你喊哪样?早咧。""早

第二章 人间不了情

你的娘！""就算早我的娘！"最后一句话不过是我想象的，因为他已沉默了，一定又即刻回到床上去了。我还估想他上床后就会拧了一下那妇人，两人便笑着并头睡下了的。这份生活真使我感动得很。听到他们的说话，我便觉得我已经写出的太简单了。我正想回北平时用这些人作题材，写十个短篇，或我告给你，让你来写。写得好，一定是种很大的成功。这时我们的船正在上行，沿了河边走去，许多大船同木筏，昨晚停泊在上游一点的，也皆各在下行。我坐在舱中，就只听到水面人语声，以及橹桨搅水声，与橹桨本身被推动时咿咿哑哑声。这真是圣境。我出去看了一会儿，看到这船筏浮在水面，船上还扬着红红的火焰同白烟，两岸则高矗而上，如对立巨魔，颜色墨绿。不知什么地方有老鸦叫着出窠，不知什么地方有鸡叫着，且听得着岸旁有小水鸟吱吱吱吱的叫，不知它们是种什么意思，却可以猜想它们每早必这样叫一大阵。这点印象实实在在值得受份折磨得到它。

我正计算了一阵日子。我算作八号动身，应在下月七号到地见你。今天我已走了十天，至多还加个五天我必可到家。若照船上人说来，他们包我下行从浦市到桃源作三天（这一段路上行我们至少需八天），从桃源到常德一天，从常德到长沙一天，从长沙到汉口一天，汉口停一天，再从汉口到北平两天，加上从我家回到浦市两天，则路上共需十一天。共加拢来算算，则我可在家中住四天。恐怕得多住一天，则汉口我不耽搁，时间还是一样的……今天十七，我快则二十天后可以见你，慢也不过二十三天，我希望至迟莫过十号，我们可以在北平见面。我希望这次回到家中，可以把你一切好处让家中人知道，我还希望为你带些有趣味的东西，同家中人对你的好意给你。我一到家一定就有人问："为什么不带张妹来？"我却说："带来了，带来了。"我带来的是一个相片，我送他们相片看。事实上则我当真也把你带来了，因为你在我的心上！不过我不会把这件事告给人，我不让他们从这个事情上得到一个发笑的机会。一个人过分吝啬本不是件美德，我可不能不吝啬了。

今天风好像不很大，船会赶不到辰州。然而至多明天我总可到辰州的。我一到地就有两件事可做，第一是打电话回去，告大哥我已到了辰州，第二是打电报给你，希望你把钱寄来。我这次下行，算算有九十块钱已够了，但我希望手边却有一百廿块钱，因为也许得买点东西回北平来送人。这里许多东西皆是北平人的宝贝，正如同北平许多东西是这里宝贝一样。我动身时一定有人送我小东小西，我真盼望所有东西全是可以使你欢喜的，或转送四丫头，使四丫头惊奇的。

这时已八点四十，天还黯黯的。也许这小表被我拨快了一些，也许并不是小表的罪过。从这次上行的经验看来，不拘带什么皆不会放坏，故下行时也许还可以为你带些古怪食物！九九是多年不吃冻菌了的，我预备为她带些冻菌。你欢喜

第二章 人间不了情

酸的,我预备请大嫂为你炒一罐胡葱酸①。四丫头倾心苗女人,我可以为她买一块苗妇人手做的冻豆腐。时间若许我从容些,我还能同三哥到乡下去赶次场,说不定我尚可为四丫头带些狗肉来。我想带的可太多了,一个火车厢恐怕也装不下。正因为这样子,或者我一样不带。

我忘了问张大姐要些什么了。请先告她,我若到苗乡去,当为她带个苗人用的顶针或针筒来。我那里针筒皆镂花,似乎还不坏。我还听同乡说本城酱油已出名,且成为近日来运销出口的一种著名东西,下可以到长沙,上可以到川东黔省,真想不到。我无论如何总为你们带点酱油来的。

九点四十五分,我小船停泊在一个滩岨乱石间,大家从从容容吃过了早饭。又吃鱼。吃了饭后船上人还在烤烤火,我就画了一个对河的小景。对河有人家处色泽极其美丽,名为"打油溪"。还有长长的墙垣,一定就是油坊。住在这种地方不作诗却来打油,古怪透了。画刚打好稿子,船就开了。今天小船还应上两个大滩,"九溪"同"横石",这滩还不很难上,可是天气怪冷,水手真苦。说不定还得落水去拉船。近辰州时又还有个长十里的急流,无风时也很费事。今天风不好,不能把船送走,故看情形还赶不到辰州。我希望明天上半天可到,用半天日子做一切事,后天就可上行。我还希望到了辰州可以从电

---

① 胡葱酸:用野生葱做成的酸菜。

话中谈几句话，告他一切，也让他们放心些，不然收到了你的信后，却不见我到家，岂不希奇。

今天更冷，应当落大雪了，可是雪总落不下来。南方天气我疏远得太久了，如今看来同看一本新书一样，处处不像习惯所能忍受的样子，我若到这些地方长住下去，性格一定沉郁得很了。但一到春天，这里可太好了。就是这种天气，山中竹雀画眉依然叫得很好，一到春天，是可想而知的。

选自《湘行集》，岳麓书社一九九二年十二月版

滩上挣扎

我不说除了掉笔以外还掉了一支……吗？我知道你算得出那是一支牙骨筷子的。我真不快乐，因为这东西总不能单独一支到北平的。我很抱歉。可是，你放心，我早就疑心这筷子即或有机会掉到河中去，它若有小小知觉，就一定不愿意独自落水。事不出我所料，在舱底下我又发现它了。

今天我小船上的滩可特别多，河中幸好有风，但每到一个滩上，总仍然很费事。我伏卧在前舱口看他们下篙，听他们骂野话。现在已十二点四十分，从八点开始只走了卅多里，还欠七十里，这七十里中还有两个大滩、一个长滩，看情形又不会到地的。这条河水坐船真折磨人，最好用它来作性急人犯罪以后的处罚。我希望这五点钟内可以到白溶下面泊船，那么明天上午就可到辰州了。这时船又在上一个滩，船身全是侧的，浪头大有从前舱进自后舱出的神气，水流太急，船到了上面又复溜下。你若到了这些地方，你只好把眼睛紧紧闭着。这还不算大滩，大滩更吓人！海水又大又深，但并不吓人，仿佛很温和。这里河水可同一股火样子，太热情了一点，好像只想把人攫走，且好像完全凭自己意见做去。但古怪，却是这些弄船人。他们逃避急流同漩水的方法可太妙了，不管什么情形他们总有办法避去危险。到不得已时得往浪里钻，今天已钻三回，可是又必有方法从浪里找出路。他们逃避水的方法，比你当年避我似乎还高明。他们明白水，且得靠水为生，却不让水把他们攫去。他们比我们平常人更懂得水的可怕处，却从不疏忽对于水的注意。你实在还应当跟水手学两年，你到之江避暑，也就一定有更多情书可看了。

……

我离开北平时，还计划到，每天用半个日子写信，用半个日子写文章。谁知到了这小船上，却只想为你写信，别的事全不能做。从这里看来我就明白没有你，一切文章是不会产生的。先前不同你在一块儿时，因为想起你，文章也可以写得很缠绵，很动人。到了你过青岛后，却因为有了你，文章也更好了。但一离开你，可不成了。倘若要我一个人去生活，作什么皆无趣味，无意思。我简直已不像个能够独立生活下去的人。你已变成我的一部分，属于血肉、精神一部分。我人并不聪明，一切事情得经过一度长长的思索，写文章如此，爱人也如此，理解人的好处也如此。

第二章　人间不了情

你不是要我写信告爸爸吗？我在常德写了个信，还不完事，又因为给你写信把那信搁下不写了。我预备到辰州写，辰州忙不过来，我预备到本乡写。我还希望在本乡为他找得出点礼物送他。不管是什么小玩意儿，只要可能，还应当送大姐点。大姐对我们好处我明白，二姐的好处被你一说也明白了。我希望在家中还可以为她们两人写个信去。

三三，又上了个滩。不幸得很……差点儿淹坏了一个小孩子，经验太少，力量不够，下篙不稳，结果一下子为篙子弹到水中去了。幸好一个年长水手把他从水中拉起，船也侧着进了不少的水。小孩子被人从水中拉起来后，抱着桅子荷荷的哭，看到他那样子真有使人说不出的同情。这小孩就是我上次提到一毛钱一天的候补水手。

这时已两点四十五分，我的小船在一个滩上挣扎，一连上了五次皆被急流冲下，船头全是水，只好过河从另一方拉上去。船过河时，从白浪里钻过，篷上也沾了浪。但不要为我着急，船到这时业已安全过了河。最危险时是我用〰〰号时，纸上也全是水，皮袍也全弄糟了。这时船已泊在滩下等待力量的恢复，再向白浪里弄去。

这滩太费事了，现在我小船还不能上去。另外一只大船上了将近一点钟，还在急流中努力，毫无办法。风篷、纤手、篙子，全无用处。拉船的在石滩上皆伏爬着，手足并用的一寸一寸向前。但仍无办法。滩水太急，我的小船还不知如何方能上去。这时水手正在烤火说笑话,轮到他们出力时,他们不会吝惜气力的。

三三,看到吊脚楼时,我觉得你不同我在一块儿上行很可惜,但一到上滩,我却以为你幸好不同来,因为你若看到这种滩水,如何发吼,如何奔驰,你恐怕在小船上真受不了。我现在方明白住在湘西上游的人,出门回家家中人敬神的理由。从那么一大堆滩里上行,所倚赖的固然是船夫,船夫的一切,可真靠天了。

我写到这里时,滩声正在我耳边吼着,耳朵也发木。时间已到三点,这船还只有两个钟头可走,照这样延长下去,明天也许必须晚上方可到地。若真得晚上到辰州,我的事情又误了一天,你说,这怎么成。

小船已上滩了,平安无事,费时间约廿五分。上了滩问问那落水小水手,方知道这滩名"骂娘滩"(说野话的滩),难怪船上去得那么费事。再过廿分钟我的小船又得上个名为"白溶"的滩,全是白浪,吉人天相,一定不有什么难处。今天的小船全是上滩,上了白溶也许天就夜了,则明天还得上九溪同横石。横石滩任何船只皆得进点儿水,劣得真有个样子。我小船有四妹的相片,也许不至于进水。说到四妹的相片,本来我想让它凡事见识见识,故总把它放在外边……可是刚才差点儿它也落水了,故现在已把它收到箱子里了。

小船这时虽上了最困难的一段,还有长长的急流得拉上

第二章 人间不了情

去。眼看到那个能干水手一个人爬在河边石滩上一步一步的走,心里很觉得悲哀。这人在船上弄船时,便时时刻刻骂野话,动了风,用不着他做事时,就摹仿麻阳人唱橹歌,风大了些,又摹仿麻阳人打呵贺,大声的说:

"要来就快来,莫在后面捱,呵贺~~~~

"风快发,风快发,吹得满江起白花,呵贺~~~~"

他一切得摹仿,就因为桃源人弄小船的连唱歌喊口号也不会!这人也有不高兴时节,且可以说时时刻刻皆不高兴,除了骂野话以外,就唱:

"过了一天又一天,心中好似滚油煎。"

心中煎熬些什么不得而知,但工作折磨到他,实在是很可怜。这人曾当过兵,今年[①]还在沅州方面打过四回仗,不久逃回来的。据他自己说,则为人也有些胡来乱为。赌博输了不少的钱,还很爱同女人胡闹,花三块钱到一块钱,胡闹一次。他说:"姑娘可不是人,你有钱,她同你好,过了一夜钱不完,她仍然同你好,可是钱完了,她不认识你了。"他大约还胡闹过许多次数的。他还当过两年兵,明白一切作兵士的规矩。身体结实如二小的哥哥,性情则天真朴质。每次看到他,总很高兴的笑着。即或在骂野话,问他为什么得骂野话,就说:"船上人作兴这样子!"便是那小水手从水中爬起以后,

---

① 今年:指1933年。

一面哭一面也依然在骂野话的。看到他们我总感动得要命。我们在大城里住,遇到的人即或有学问,有知识,有礼貌,有地位,不知怎么的,总好像这人缺少了点成为一个人的东西。真正缺少了些什么又说不出。但看看这些人,就明白城里人实实在在缺少了点人的味儿了。我现在正想起应当如何来写个较长的作品,对于他们的做人可敬可爱处,也许让人多知道些,对于他们悲惨处,也许在另一时多有些人来注意。但这里一般的生活皆差不多是这样子,便反而使我们哑口了。

你不是很想读些动人作品吗?其实中国目前有什么作品值得一读?作家从上海培养,实在是一种毫无希望的努力。你不怕山险水险,将来总得来内地看看,你所看到的也许比一生所读过的书还好。同时你想写小说,从任何书本去学习,也许还不如你从旅行生活中那么看一次,所得的益处还多得多!

我总那么想,一条河对于人太有用处了。人笨,在创作上是毫无希望可言的。海虽俨然很大,给人的幻想也宽,但那种无变化的庞大,对于一个作家灵魂的陶冶无多益处可言。黄河则沿河都市人口不相称,地宽人少,也不能教训我们什么。长江还好,但到了下游,对于人的兴感也仿佛无什么特殊处。我赞美我这故乡的河,正因为它同都市相隔绝,一切极朴野,一切不普遍化,生活形式、生活态度皆有点原人意味,对于一个作者的教训太好了。我倘若还有什么成就,我常想,教给我思索人生,教给我体念人生,教给我智慧同品德,不是某

第二章　人间不了情

一个人,却实实在在是这一条河。

我希望到了明年,我们还可以得到一种机会,一同坐一次船,证实我这句话。

……

我这时耳朵热着,也许你们在说我什么的。我看看时间,正下午四点五十分。你一个人在家中已够苦的了,你还得当家,还得照料其他两个人,又还得款待一个客人,又还得为我做事。你可以玩时应得玩玩。我知道你不放心……我还知道你不愿意我上岸时太不好看,还知道你愿意我到家时显得年轻点,我的刮脸刀总摆在箱子里最当眼处。一万个放心……若成天只想着我,让两个小妮子得到许多取笑你的机会,这可不成的。

我今天已经写了一整天了,我还想写下去。这样一大堆信寄到你身边时,你怎么办。你事忙,看信的时间恐怕也不多,我明天的信也许得先写点提要……

这次坐船时间太久,也是信多的原因。我到了家中时,也就是你收到这一大批信件时。你收到这信后,似乎还可发出三两个快信,写明"寄常德杰云旅馆曾芹轩代收存转沈从文亲启"。我到了常德无论如何必到那旅馆看看。

我这时有点发愁,就是到了家中,家中不许我住得太短。我也愿意多住些日子,但事情在身上,我总不好意思把一月期限超过三天以上。一面是那么非走不可,一面又非留不可,就轮到我为难时节了。我倒想不出个什么办法，使家中人催促我早走些。也许同大哥故意吵一架，你说好不好？地方人事杂，也不宜久住！

小船又上滩了，时间已五点廿分。这滩不很长，但也得湿湿衣服被盖。我只用你保护到我的心，身体在任何危险情形中，原本是不足惧的。你真使我在许多方面勇敢多了。

二哥

选自《湘行集》，岳麓书社一九九二年十二月版

潭中夜渔

我只吃一碗饭，鱼又吃了不少。这时已七点四十，你们也应当吃过饭了。我们的短期分离，我应多受点折磨，方能补偿两人在一处过日子时，我对你疏忽的过失，也方能把两人同车时我看报的神气使你忘掉。我还正在各种过去事情上，找寻你的弱点与劣点，以为这样一来，也许我就可以少担负一份分离的痛苦。但出人意料的是我越找寻你坏处，就越觉得你对我的好处……

夜晚了，船已停泊，不必担心相片着水，我这时又把你同四丫头的相从箱中取出来了。我只想你们从相片上跳下来，我当真那么傻想……我应当多带些你们的相片来了。我还忘了带九九同你元和大姐的相片，若全带到箱子里，则我也许可以把些时间，同这些相片来讨论点事情，或说几个故事，或又模拟你们口吻，说点笑话……现在十天了我还无发笑机会。

三三,四丫头近来吃饭被踢没有？应当为我每次踢她一脚。还有九妹,我希望她肯多问你些不认识的生字,不必说英文,便是中文她需要指点的方面也就很多。还有巴金,我从没为他写信,却希望你把我的路上一切,撮要告给他,并请他写点文章,为刊物登载。还有杨先生[①],你也得告他我在路上的情形。我为了成日成夜给你这个三三写信,别的信皆不曾动手,也无动手机会,你为我各处说一声就得了。

现在已九点了,这地方太静,静得有些怕人。晚上风又大了些,也猛了些,希望它明天还能够如此吹一天,则到辰州必很早。我想最好我再过五天可到家……我一切信上皆不敢提及妈的病,我只担心她已很沉重,又担心她正已复元,却因我这短期回家、即刻分离增加她老人家的病痛。我心虚得很。三三,这十多天想来我已有很多信件了,我希望其中并无云六报告什么不吉消息。我还希望你们能把我各处来信看看,应复的你且为我一一复去。我这一走必忙坏了你……

三三,这河面静中有个好听的声音,是弄鱼人用一个大梆子、一堆火,搁在船头上,河中下了拦江钓,因此满河里去擂梆子,让梆声同火光把鱼惊起,慌乱的四窜便触了网。这梆声且轻重不同,故听来动人得很。这种弄鱼方法,你从书上

---

① 杨先生：指杨振声（1890—1956），中国作家、教育家,字今甫,笔名希声,著有《杨振声选集》。

第二章 人间不了情

是看不到的。还有用火照鱼，用鸡笼捕鱼，用草毒鱼种种方法，单看书，皆毫无叙述。

我小船泊的地方是潭里，因此静得很，但却有种声音恐怕将使我睡不着。船底下有浪拍打，叮叮啃啃的响。时间已九点四十分，我的确得睡了……

弄鱼的梆声响得古怪，在这样安静地方，却听到这种古怪声音，四丫头若听到，一定又惊又喜。这可以说是一首美丽的诗，也可以说一种使人发迷着魔的符咒。因为在这种声音中，水里有多少鱼皆触了网，且同时一定也还有人因此联想到土匪来时种种空气的。三三，凡是在这条河里的一切，无一不是这样把恐怖、新奇同美丽揉和而成的调子！想领略这种美丽，也应得出一分代价。我出的代价似乎太多了点……我不放下这支笔，实在是我一点自私处。我想再同你说一会儿。在这样一叶扁舟中，来为三三写信，也是不可多得的！我想写个整晚，梦是无凭据的东西，反而不如就这样好！

……

二哥
十七日下十时一刻
船泊杨家岨

选自《湘行集》，岳麓书社一九九二年十二月版

113

历史是一条河

十八日下午二时卅分

我小船已把主要滩水全上完了,这时已到了一个如同一面镜子的潭里。山水秀丽如西湖,日头已出,两岸小山皆浅绿色。到辰州只差十里,故今天到地必很早。我照了个相,为一群拉纤人照的。现在太阳正照到我的小船舱中,光景明媚,正同你有些相似处。我因为在外边站久了一点,手已发了木,故写字也不成了。我一定得戴那双手套的,可是这同写信恰好是鱼同熊掌,不能同时得到。我不要熊掌,还是做近于吃鱼的写信吧。这信再过三四点钟就可发出,我高兴得很。记得从前为你寄快信时,那时心情真有说不出的紧处,可怜的事,这已成为过去了。现在我不怕你从我这种信中挑眼儿了,我需要你从这些无头无绪的信上,找出些我不必说的话……

第二章 人间不了情

　　我已快到地了,假若这时节是我们两个人,一同上岸去,一同进街且一同去找人,那多有趣味!我一到地见到了有点亲戚关系的人,他们第一句话,必问及你!我真想凡是有人问到你,就答复他们"在口袋里!"

　　三三,我因为天气太好了一点,故站在船后舱看了许久水,我心中忽然好像彻悟了一些,同时又好像从这条河中得到了许多智慧。三三,的的确确,得到了许多智慧,不是知识。我轻轻的叹息了好些次。山头夕阳极感动我,水底各色圆石也极感动我,我心中似乎毫无什么渣滓,透明烛照,对河水,对夕阳,对拉船人同船,皆那么爱着,十分温暖的爱着!我们平时不是读历史吗?一本历史书除了告我们些另一时代最笨的人相斫相杀以外有些什么?但真的历史却是一条河。从那日夜长流千古不变的水里,石头和砂子,腐了的草木,破烂的船板,使我触着平时我们所疏忽了若干年代若干人类的哀乐!我看到小小渔船,载了它的黑色鸬鹚向下流缓缓划去,看到石滩上拉船人的姿势,我皆异常感动且异常爱他们。我先前一时不还提到过这些人可怜的生、无所为的生吗?不,三三,我错了。这些人不需我们来可怜,我们应当来尊敬来爱。他们那么庄严忠实的生,却在自然上各担负自己那份命运,为自己,为儿女而活下去。不管怎么样活,却从不逃避为了活而应有的一切努力。他们在他们那份习惯生活里、命运里,也依然是哭、笑、吃、喝,对于寒暑的来临,更感觉到

我的心涂上了月的光明

这四时交递的严重。三三，我不知为什么，我感动得很！我希望活得长一点，同时把生活完全发展到我自己这份工作上来。我会用我自己的力量，为所谓人生，解释得比任何人皆庄严些与透入些！三三，我看久了水，从水里的石头得到一点平时好像不能得到的东西，对于人生，对于爱憎，仿佛全然与人不同了。我觉得惆怅得很，我总像看得太深太远，对于我自己，便成为受难者了。这时节我软弱得很，因为我爱了世界，爱了人类。三三，倘若我们这时正是两人同在一处，你瞧我眼睛湿到什么样子！

三三，船已到关上了，我半点钟就会上岸的。今晚上我恐怕无时间写信了，我们当说声再见！三三，请把这信用你那体面温和眼睛多吻几次！我明天若上行，会把信留到浦市发出的。

二哥
一月十八下午四点半

这里全是船了！

选自《湘行集》，岳麓书社一九九二年十二月版

感慨之至

廿二下九时半

四点前发了个信,同时还去信告云六,要他为我拍个电报告你一切,可不知他会不会忘掉这件事。我到了这里一天半,各处是熟人,我不出门找他们,就有人来找我,故抽不出时间来详详细细告你一切事情了。我为了会见客人头也弄晕了,只有看你的信可以清醒一些。我希望你会还有三个来信的。我十三下行,就还有三个日子方能动身,若这三天无你信来,我是不快乐的。

这里一切使我感慨之至。一切皆变了,一切皆不同了,真是使我这出门过久的人很难过的事!妈病得很坏,近来虽离去危险期,但人还是瘦得很。我一时真不想离开她,但又不能不离开这老人家。我只想多陪她坐坐,但客人一来一坐又总是很久很久。我心乱得很，我很悔见到熟人，却妨碍了我同妈谈话的机会。我现在想有个办法把自己同熟人拉开，可是又无这个办法。

你想想，在这种情形下我如何办。

我见到了你的相，照得很美，故亲戚一问到你时，我必把相片给她们看。多少人皆把你看成了不得的，这为的是什么？不过为的是使妈高兴罢了。

我一上了岸，接到你的信，心就乱极了。三三，我希望你不要难过，我在十号以前会回来的。我也正想着，将来回到北平，决不会再使你面壁了！我想一切皆是我的不是，我向你认错，你原谅了我。我更得向三三认错，在信上说把你文章丢到黄河。其实并无这回事，健吾[①]的文章同你的，皆好好的在箱子里！

这时已十点半了，家中人业已睡尽，我也得睡了。我希望这个时节你已安睡。

二哥
廿二下十时半

[①] 健吾：即李健吾（1906—1982），中国作家、文艺评论家、翻译家，笔名刘西渭，著有长篇小说《心病》等。

第二章　人间不了情

我想你得很！你应当还有些信来方好。

买白松糖浆二瓶当信寄。妈急于要用。

选自《湘行集》，岳麓书社一九九二年十二月版

第三章
那些可爱的人

她不能把工作当工作,只因为生命中储蓄了能力太多,太需要活动,单只一件固定工作羁绊不住她。

沅陵的人

从常德到沅陵,一个旅行者在车上的感触,可以想象得到,第一是公路上并无苗人,第二是公路上很少听说发现土匪。

公路在山上与山谷中盘旋转折虽多,路面却修理得异常良好,不问晴雨都无妨车行。公路上的行车安全的设计,可看出负责者的最大努力。旅行的很容易忘了车行的危险,乐于赞叹自然风物的美秀。在自然景致中见出宋院画的神采奕奕处,是太平铺过河时入目的光景。溪流萦回,水清而浅,在大石细沙间漱流。群峰竞秀,积翠凝蓝,在细雨中或阳光下看来,颜色真无可形容。山脚下一带树林,一些俨如有意为之布局恰到好处的小小房子,绕河洲树林边一湾溪水,一道长桥,一片烟。香草山花,随手可以掇拾。《楚辞》中的山鬼、云中君,仿佛如在眼前。上官庄的长山头时,一个山接一个山,转折频繁处，神经质的妇女与懦弱无能的男子，会不免觉得头目晕眩。一个常态的男子，便必然对于自然的雄伟表示赞叹，对于数年前裹粮负水来在这高山峻岭修路的壮丁，更表示敬仰和感谢。这是一群默默无闻沉默不语真正的战士！每一寸路都是他们流汗作成的。他们有的从百里以外小乡村赶来，沉沉默默的在派定地方担土、打石头，三五十人躬着腰肩共同拉着个大石磙子碾压路面，淋雨、挨饿，忍受各式各样虐待，完成了分派到头上的工作。把路修好了，眼看许多许多的各色各样希奇古怪的物件吼着叫着走过了，这些可爱的乡下人，知道事情业已办完，笑笑的，各自又回转到那个想象不到的小乡村里过日子去了。中国几年来一点点建设基础，就是这种无名英雄作成的。他们什么都不知道，可是所完成的工作却十分伟大。

单从这条公路的坚实和危险工程看来，就可知道湘西的民众，是可以为国家完成任何伟大理想的。只要领导有人，交付他们更困难的工作，也可望办得很好。

看看沿路山坡桐茶树木那么多，桐茶山整理得那么完美，我们且会明白这个地方的人民，即或无人领导，关于求生技术，各凭经验在不断努力中，也可望把地面征服，使生产增加。

只要在上的不过分苛索他们，鱼肉他们，这种勤俭耐劳的人民，就不至于铤而走险发生问题。可是若到任何一个停车处，试同附近乡民谈谈，我们就知道那个"过去"是种什么情形了。任何捐税，乡下人都有一份，保甲在糟蹋乡下人这方面的努力，"成绩"真极可观！然而促成他们努力的动机，却是照习惯把所得缴一半，留一半。然而负责的注意到这个问题时，就说"这是保甲的罪过"，从不认为是"当政的耻辱"。负责者既不知如何负责，因此使地方进步永远成为一种空洞的理想。

然而这一切都不妨说已经成为过去了。

车到了官庄交车处，一列等候过山的车辆，静静的停在那路旁空阔处，说明这公路行车秩序上的不苟。虽在军事状态中，军用车依然受公路规程辖制，不能占先通过，此来彼往，秩序井然。这条公路的修造与管理统由一个姓周的工程师负责。

车到了沅陵，引起我们注意处，是车站边挑的、抬的、负荷的、推挽的，全是女子。凡其他地方男子所能做的劳役，在这地方统由女子来做。公民劳动服务也还是这种女人。公路车站的修成，就有不少女子参加。工作既敏捷，又能干。女权运动者在中国二十年来的运动，到如今在社会上露面时，还是得用"夫人"名义来号召，并不以为可羞。而且大家都集中在大都市，过着一种腐败生活。比较起这种女劳动者把流汗和吃饭打成一片的情形，不由得我们不对这种人充满尊敬与同情。

这种人并不因为终日劳作就忘记自己是个妇女,女子爱美的天性依然还好好保存。胸口前的扣花装饰,裤脚边的扣花装饰,是劳动得闲在茶油灯光下作成的。(围裙扣花工作之精和设计之巧,外路人一见无有不交口称赞。)这种妇女日常工作虽不轻松,衣衫却整齐清洁。有的年纪已过了四十岁,还与同伴竞争兜揽生意。两角钱就为客人把行李背到河边渡船上,跟随过渡,到达彼岸,再为背到落脚处。外来人到河码头渡船边时,不免十分惊讶,好一片水!好一座小小山城!尤其是那一排渡船,船上的水手,一眼看去,几乎又全是女子。过了河,进得城门,向长街走走,就可见到卖菜的,卖米的,开铺子的,做银匠的,无一不是女子。再没有另一个地方女子对于参加各种事业,各种生活,做得那么普遍,那么自然了。看到这种情形时,真不免令人发生疑问:一切事几几乎都由女子来办,如《镜花缘》一书上的女儿国现象了。本地的男子,是出去打仗,还是在家纳福看孩子?

不过一个旅行者自觉已经来到辰州时,兴味或不在这些平常问题上。辰州地方是以辰州符驰名的,辰州符的传说奇迹中又以赶尸著闻。公路在沅水南岸,过北岸城里去,自然盼望有机会弄明白一下这种老玩意儿。

可是旅行者这点好奇心会受打击,多数当地人对于辰州符都莫名其妙,且毫无兴趣,也不怎么相信。或许无意中会碰着一个"大"人物,体魄大,声音大,气派也好像很大。

他不是姓张，就是姓李，（他应当姓李！一个典型市侩，在商会任职，以善于吹拍混入行署任名誉参议。）会告你，辰州符的灵迹，就是用刀把一只鸡颈脖割断，把它重新接上，喂一口符水，向地下抛去，这只鸡即刻就会跑去，撒一把米到地上，这只鸡还居然赶回来吃米！你问他："这事曾亲眼见过吗？"他一定说："当真是眼见的事。"或许慢慢的想一想，你便也会觉得同样是在什么地方亲眼见过这件事了。原来五十年前的什么书上，就这么说过的。这个大人物是当地著名会说大话的。世界上事什么都好像知道得清清楚楚，只不大知道自己说话是假的还是真的，是书上有的还是自己造作的。多数本地人对于"辰州符"是个什么东西，照例都不大明白的。

对于赶尸传说呢，说来实在动人。凡受了点新教育，血里骨里还浸透原人迷信的外来新绅士，想满足自己的荒唐幻想，到这个地方来时，总有机会温习一下这种传说。绅士、学生、旅馆中人，俨然因为生在当地，便负了一种不可避免的义务，又如为一种天赋的幽默同情心所激发，总要把它的神奇处重述一番。或说朋友亲戚曾亲眼见过这种事情，或说曾有谁被赶回来。其实他依然和客人一样，并不明白，也不相信，客人不提起，他是从不注意这个问题的。客人想"研究"它（我们想象得出有许多人是乐于研究它的），最好还是看《奇门遁甲》，这部书或者对他有一点帮助，本地人可不会给他多少帮助。本地人虽乐于答复这一类傻不可言的问题,却不能说明这事情的真实性。就中有个"有道之士",姓阙,当地人通称之为阙五老,年纪将近六十岁,谈天时精神犹如一个小孩子。据说十五岁时就远走云贵,跟名师学习过这门法术。作法时口诀并不希奇,不过是念文天祥的《正气歌》罢了。死人能走动便受这种歌词的影响。辰州符主要的工具是一碗水;这个有道之士家中神主前便陈列了那么一碗水,据说已经有了三十五年,碗里水减少时就加添一点。一切病痛统由这一碗水解决。一个死尸的行动,也得用水迎面的一噀。这水且能由昏浊与沸腾表示预兆,有人需要帮忙或卜家事吉凶的预兆,登门造访者若是一个读书人,一个假洋人教授,他把这一碗水的妙用形容得将更惊心动魄。使他舌底翻莲的原因,或者是他自己十分寂寞,或者是对于客人具有天赋同情,所以常常把书上没有的也说到了。客人要老老实实发问:"五老,那你看过这种事了?"他必装作很认真神气说:"当然的。我还亲自赶过!那是我一个亲戚,在云南做官,死在任上,赶回湖南,每天为死者换新草鞋一双,到得湖南时,死人脚趾头全走脱了。只是功夫不练就不灵,早丢下了。"至于为什么把它丢下,可不说明。客人目的在"表演",主人用意在"故神其说",末后自然不免使客人失望。不过知道了这玩意儿是读《正气歌》作口诀,同儒家居然大有关系时,也不无所得。关于赶尸的传说,这位有道之士可谓集其大成,所以值得找方便去拜访一

第三章　那些可爱的人

次，他的住处在上西关，一问即可知道。可是一个读书人也许从那有道之士伏尔泰风格的微笑，伏尔泰风格的言谈，会看出另外一种无声音的调笑："你外来的书呆子，世界上事你知道许多，可是书本不说，另外还有许多就不知道了。用《正气歌》赶走了死尸，你充满了好奇的关心，你这个活人，是被什么邪气歌赶到我这里来？"那时他也许正坐在他的杂货铺里面（他是隐于医与商的），忽然用手指着街上一个长头发的男子说："看，疯子！"那真是个疯子，沅陵地方唯一的疯子。可是他的语气也许指的是你拜访者。你自己试想想看，为了一种流行多年的荒唐传说，充满了好奇心来拜访一个透熟人生的人，问他死了的人用什么方法赶上路，你用意说不定还想拜老师，学来好去外国赚钱出名，至少也弄得个哲学博士回国，再来用它骗中国学生，在他饱经世故的眼中，你和疯子的行径有多少不同！

这个人的言谈，倒真是一种杰作，三十年来当地的历史，在他记忆中保存得完完全全，说来时庄谐杂陈，实在值得一听。尤其是对于当地人事所下批评，尖锐透入，令人不由得不想起法国那个伏尔泰。

至于辰砂的出处，出产地离辰州地还远得很，远在三百里外凤凰县的苗乡猴子坪。

凡到过沅陵的人，在好奇心失望后，依然可从自然风物的秀美上得到补偿。由沅陵南岸看北岸山城，房屋接瓦连橡，较高处露出雉堞，沿山围绕；丛树点缀其间，风光入眼，实不俗气。由北岸向南望，则河边小山间，竹园、树木、庙宇、高塔、民居，仿佛各个都位置在最适当处。山后较远处群峰罗列，如屏如障，烟云变幻，颜色积翠堆蓝。早晚相对，令人想象其中必有帝子天神，驾螭乘蜺，驰骤其间。绕城长河，每年三四月春水发后，洪江油船颜色鲜明，在摇橹歌呼中连翩下驶。长方形大木筏，数十精壮汉子，各据筏上一角，举桡激水，乘流而下。就中最令人感动处，是小船半渡，游目四瞩，俨然四周是山，山外重山，一切如画。水深流速，弄船女子，腰腿劲健，胆大心平，危立船头，视若无事。同一渡船，大多数都是妇人，划船的是妇女，过渡的也是妇女较多。有些卖柴卖炭的，来回跑五六十里路，上城卖一担柴，换两斤盐，或带回一点红绿纸张同竹篾作成的简陋船只，小小香烛。问她时，就会笑笑的回答："拿回家去做土地会。"你或许不明白土地会的意义，事实上就是酬谢《楚辞》中提到的那种云中君——山鬼。这些女子一看都那么和善，那么朴素，年纪四十以下的，无一不在胸前土蓝布或葱绿布围裙上绣上一片花，且差不多每个人都是别出心裁，把它处置得十分美观，不拘写实或抽象的花朵，总那么妥帖而雅相。在轻烟细雨中，一个外来人眼见到这种情形，必不免在赞美中轻轻叹息。天时常常是那么把山和水和人都笼罩在一种似雨似雾使人微感凄凉的情调里，然而却无处不可以见出"生命"在这个地方有光辉

第三章　那些可爱的人

的那一面。

外来客自然会有个疑问发生：这地方一切事业女人都有份，而且像只有"两截穿衣"的女子有份，男子到哪里去了呢？

在长街上我们固然时常可以见到一对少年夫妻，女的眉毛俊秀、鼻准完美，穿浅蓝布衣，用手指粗银链系扣花围裙，背小竹笼。男的身长而瘦，英武爽朗，肩上扛了各种野兽皮向商人兜卖。令人一见十分惊诧。可是这种男子是特殊的。是出了钱，得到免役的瑶族。

男子大部分都当兵去了。因兵役法的缺陷，和执行兵役法的中间层保甲制度人选不完善，逃避兵役的也多，这些壮丁抛下他的耕牛，向山中走，就去当匪。匪多的原因，外来官吏苛索实为主因。乡下人照例都愿意好好活下去，官吏的老式方法居多是不让他们那么好好活下去。乡下人照例一入兵营就成为一个好战士，可是办兵役的却觉得如果人人都乐于应兵役，就毫无利益可图。土匪多时，当局另外派大部队伍来"维持治安"，守在几个城区，别的不再过问。分布乡下土匪得了相当武器后，在报复情绪下就是对公务员特别不客气，凡搜刮过多的外来人，一落到他们手里时，必然是先将所有的得到，再来取那个"命"。许多人对于湘西民或匪都留下一个特别蛮悍嗜杀的印象，就由这种教训而来。许多人说湘西有匪，许多人在湘西虽遇匪，却从不曾遭遇过一次抢劫，

131

就是这个原因。

一个旅行者如果想起公路就是这种蛮悍不驯的山民或土匪，在烈日和风雪中努力作成的，乘了新式公共汽车由这条公路经过，既感觉公路工程的伟大结实，到得沅陵时，更随处可见妇人如何认真称职，用劳力讨生活，而对于自然所给的印象，又如此秀美，不免感慨系之。这地方神秘处原来在此而不在彼。人民如此可用，景物如此美好，三十年来牧民者来来去去，新陈代谢，不知多少，除认为"蛮悍"外，竟别无发现。外来为官作宦的，回籍时至多也只有把当地久已消灭无余的各种画符捉鬼荒唐不经的传说，在茶余酒后向陌生人一谈。地方真正好处不会欣赏，坏处不能明白。这岂不是湘西的另外一种神秘？

沅陵算是个湘西受外来影响较久较大的地方，城区教会的势力，造成一批吃教饭的人物，蛮悍性情因之消失无余，代替而来的或许是一点青年会办事人的习气。沅陵又是沅水几个支流货物转口处，商人势力较大，以利为归的习惯，也自然很影响到一些人的打算行为。沅陵位置在沅水流域中部，就地形言，自为内战时代必争之地，因此麻阳县的水手，一部分登陆以后，便成为当地有势力的小贩，凤凰县屯垦子弟兵官佐，留下住家的，便成为当地有产业的客居者。慷慨好义，负气任侠，楚人中这类古典的热诚，若从当地人寻觅无着时，还可从这两个地方的男子中发现。一个外来人，在那山城中

第三章 那些可爱的人

石板作成的一道长街上，会为一个矮小、瘦弱，眼睛又不明，听觉又不聪，走路时匆匆忙忙，说话时结结巴巴，那么一个平常人引起好奇心。说不定他那时正在大街头为人排难解纷，说不定他的行为正需要旁人排难解纷！他那样子就古怪，神气也古怪。一切像个乡下人，像个官能为嗜好与毒物所毁坏，心灵又十分平凡的人。可是应当找机会去同他熟一点，谈谈天。应当想办法更熟一点，跟他向家里走。（他的家在一个山上。那房子是沅陵住户地位最好，花木最多的。）如此一来，结果你会接触一点很新奇的东西，一种混合古典热诚与近代理性在一个特殊环境特殊生活里培养成的心灵。你自然会"同情"他，可是最好倒是"信托"他。他需要的不是同情，因为他成天在同情他人，为他人设想帮忙尽义务，来不及接受他人的同情。他需要人信托，因为他那种古典的做人的态度，值得信托。同时他的性情充满了一种天真的爱好，他需要信托，为的是他值得信托。他的视觉同听觉都毁坏了，心和脑可极健全。凤凰屯垦兵子弟中出壮士，体力胆气两方面都不弱于人。这个矮小瘦弱的人物，虽出身世代武人的家庭中，因无力量征服他人，失去了作军人的资格。可是那点有遗传性的军人气概，却征服了他自己，统制自己，改造自己，成为沅陵县一个顶可爱的人。他的名字叫作"大先生"，或"大大"，一个古怪到家的称呼。商人、妓女、屠户、教会中的牧师和医生，都这样称呼他。到沅陵去的人，应当认识认识这位大先生。

沅陵县沿河下游四里路远近,河中心有个洲岛,周围高山四合,名"合掌洲",名目与情景相称。洲上有座庙宇,名"和尚洲",也还说得去。但本地的传说却以为是"和涨洲",因为水涨河面宽,淹不着,为的是洲随河水起落!合掌洲有个白塔,由顶到根雷劈了一小片,本地人以为奇,并不足奇。河南岸村名黄草尾,人家多在橘柚林里,橘子树白华朱实,宜有小腰白齿出于其间。一个种菜园的周家,生了四个女儿,最小的一个四妹,人都呼为夭妹,年纪十七岁,许了个成衣店学徒,尚未圆亲。成衣店学徒积蓄了整年工钱,打了一副金耳环给夭妹,女孩子就戴着这副金耳环,每天挑菜进东门城卖菜,因为性格好繁华,人长得风流波俏,一个东门大街的人都知道卖菜的周家夭妹。

因此县里的机关中办事员,保安司令部的小军佐,和商店中小开,下黄草尾玩耍的就多起来了。但不成,肥水不落外人田,有了主子。可是"人怕出名猪怕壮",夭妹的名声传出去了,水上划船人全知道周家夭妹。去年(一九三七年)冬天一个夜里,忽然来了四百武装喽啰攻打沅陵县城,在城边响了一夜枪,到天明以前,无从进城,这一伙人依然退走了。这些人本来目的也许就只是在城外打一夜枪。其中一个带队的称团长,却带了兄弟伙到夭妹家里去拍门。进屋后别的不要,只把这女孩子带走。

第三章　那些可爱的人

女孩子虽又惊又怕,还是从容的说:"你抢我,把我箱子也抢去,我才有衣服换!"

带到山里去时那团长问:"夭妹,你要死,要活?"

女孩子想了想,轻声的说:"要死,你不会让我死。"

团长笑了:"那你意思是要活了!要活就嫁我,跟我走。我把你当官太太,为你杀猪杀羊请客,我不负你。"

女孩子看看团长,人物实在英俊标致,比成衣店学徒强多了,就说:"人到什么地方都是吃饭,我跟你走。"

于是当天就杀了两个猪,十二只羊,一百对鸡鸭,大吃大喝大热闹,团长和夭妹结婚。女孩子问她的衣箱在什么地方,待把衣箱取来打开一看,原来全是预备陪嫁的!英雄美人,可谓美满姻缘。过三天后,那团长就派人送信给黄草尾种菜的周老夫妇,称岳父岳母,报告夭妹安好,不用挂念。信还是用红帖子写的,词句华而典,师爷的手笔。还同时送来一批礼物!老夫妇无话可说,只苦了成衣店那个学徒,坐在东门大街一家铺子里,一面裁布条子做纽绊,一面垂泪。

这也可说是沅陵人物之一型。

至于住城中的几个年高有德的老绅士,那倒正像湘西许多县城里的正经绅士一样。在当地是很闻名的,庙宇里照例有这种名人写的屏条,名胜地方照例有他们题的诗词。儿女多受过良好教育,在外做事。家中种植花木,蓄养金鱼和雀鸟,门庭规矩也很好。与地方关系，却多如显克微支①在他《炭画》那本书里所说的贵族，凡事取"不干涉主义"。因为名气大，许多不相干的捐款，不相干的公事，不相干的麻烦，不会上门，乐得在家纳福，不求闻达，所以也不用有什么表现。对于生活劳苦认真，既不如车站边负重妇女，生命活跃，也不如卖菜的周家幺妹，然而日子还是过得很好，这就够了。

由沅水下行百十里到沅陵属边境地名柳林岔，——就是湘西出产金子，风景又极美丽的柳林岔。那地方过去一时也有个人，很有意思。这个人据说母亲貌美而守寡，住在柳林岔镇上。对河高山上有个庙，庙中住下一个青年和尚，诚心苦修。寡妇因爱慕和尚，每天必借烧香为名去看看和尚，二十年如一日。和尚诚心苦修，不作理会，也同样二十年如一日。儿子长大后，慢慢的知道了这件事。儿子知道后，不敢规劝母亲，也不能责怪和尚，唯恐母亲年老眼花，一不小心，就会堕入深水中淹死。又见庙宇在一个圆形峰顶，攀援实在不容易。因此特意雇定一百石工，在临河悬崖上开辟一条小路，仅可容足，更找一百铁工，制就一条粗而长的铁链索，固定在上面，作为援手工具。又在两山间造一拱石头桥，上山顶庙里时就可

---

① 显克微支：今译"显克维奇"，波兰批判现实主义作家，1905年获诺贝尔文学奖，著有历史小说三部曲《火与剑》《洪流》《伏沃迪约夫斯基先生》等。

省一大半路。这些工作进行时自己还参加,直到完成。各事完成以后,这男子就出远门走了,一去再也不回来了。

这座庙,这个桥,濒河的黛色悬崖上这条人工凿就的古怪道路,路旁的粗大铁链,都好好的保存在那里,可以为过路人见到。凡上行船的纤手,还必须从这条路把船拉上滩。船上人都知道这个故事。故事虽还有另一种说法,以为一切是寡妇所修的,为的是这寡妇……总之,这是一个平常人为满足他的某种心愿而完成的伟大工程。这个人早已死了,却活在所有水上人的记忆里。传说和当地景色极和谐,美丽而微带忧郁。

沅水由沅陵下行三十里后即滩水连接,白溶、九溪、横石、青浪……就中以青浪滩最长,石头最多,水流最猛。顺流而下时,四十里水路不过二十分钟可完事,上行船有时得一整天。

青浪滩滩脚有个大庙,名伏波宫,敬奉的是汉老将马援。行船人到此必在庙里烧纸献牲。庙宇无特点,不出奇。庙中屋角树梢栖息的红嘴红脚小小乌鸦,成千累万,遇下行船必飞往接船送船,船上人把饭食糕饼向空中抛去,这些小黑鸟就在空中接着,把它吃了。上行船可照例不光顾。虽上下船只极多,这小东西知道向什么船可发利市,什么船不打抽丰。船夫说这是马援的神兵,为迎接船只的神兵,照老规矩,凡伤害的必赔一大小相等银乌鸦,因此从不会有人伤害它。

几件事都是人的事情,与人生活不可分,却又杂糅神性和魔性。湘西的传说与神话，无不古艳动人。同这样差不多的还很多。湘西的神秘，和民族性的特殊大有关系。历史上"楚"人的幻想情绪，必然孕育在这种环境里，方能滋长成为动人的诗歌。想保存它，同样需要这种环境。

二十九年[①]十一月十日校

选自《湘西》，开明书店一九四四年四月版

① 二十九年：即1940年。

摘橘子
——黑中俏和枣子脸

萝卜溪滕家橘子园，大清早就有十来个男男女女，爬在树桠间坐定，或用长竹梯靠树，大家摘橘子。人人各把小箩小筐悬挂在树枝上，一面谈笑一面工作。

黑中俏夭夭不欢喜上树，便想新主意，自出心裁找了枝长竹竿子，竿端缚了个小小捞鱼网兜，站在树下去搜寻，专拣选树尖上大个头，发现了时，把网兜贴近橘子，摇一两下，橘子便落网了，于是再把网兜中橘子倒进竹筐中去。众人都是照规矩动手，在树桠间爬来转去很费事，且大大小小都得摘。夭夭却从从容容，举着那枝长竹竿子，随心所欲到处树下走去，选择中意的橘子。且间或还把竹竿子去撩拨树上的嫂嫂和姊姊，惊扰她们的工作。选取的橘子又大又完整，所以一个人见得特别高兴。有些树尖上的偏枝的果实，更非得她来办不可。因之这里那里各处走动，倒似乎比别人忙碌了些。可是一时间看见远处飞来了一只碧眼蓝身大蜻蜓,就不顾工作,拿了那个网兜如飞跑去追捕蜻蜓,又似乎闲适从容之至。

嫂嫂姊姊笑着同声喊叫:"夭姑,夭姑,不能跑,不许跑!"

夭夭一面跑一面却回答说:"我不跑,蜻蜓飞了。你同我打赌,摘大的,看谁摘得最多。那些尖子货全不会飞,不会跑,等我回来收拾它!"

总之,夭夭既不上树,离开树下的机会自然就格外多。一只蚱蜢的振翅,或一只小羊的叫声,都有理由远远的跑去。她不能把工作当工作,只因为生命中储蓄了能力太多,太需要活动,单只一件固定工作羁绊不住她。她一面摘橘子还一面捡拾树根边蝉蜕。直到后来跑得脚上两只鞋都被露水湿透,裤脚鞋帮还胶上许多黄泥,走路已觉得重重的时候,才选了一株最大最高的橘子树,脱了鞋袜,光着两个白脚,猴儿精一般快快的爬到树顶上去,和家中人从数量上竞赛快慢。

橘子园主人长顺,手中拈着一支长长的软软的紫竹鞭烟杆,在冬青篱笆边看家中人摘橘子。有时又走到一株树下去,指点指点。见小女儿夭夭已上了树,有个竹筐放在树下,满是特号大火红一般橘子。长顺想起商会会长昨天和他说的话,仰头向树枝高处的夭夭招呼:

"夭夭,你摘橘子不能单拣大的摘,不能单拣好的摘,要一视同仁,不可稍存私心。都是树上生长的,同气连理,不许偏爱。现在不公平,将来嫁到别人家中去做媳妇,做母亲,待

第三章　那些可爱的人

孩子也一定不公平。这可不大好！"

夭夭说："爹爹，我就偏要摘大的。我才不做什么人妈妈婆婆！我就做你的女儿，做夭夭，偏心不是过错！他们摘橘子卖给干爹，做生意总不免大间小，带得去的就带去。我摘的是预备送给他，再尽他带下常德府送人。送礼自然要大的，整庄的，才脸面好看！十二月人家放到神桌前上供，金煌煌的，观音财神见它也欢喜！"

枣子脸二姑娘在另外一株树上接口打趣说：

"夭夭，你原来是进贡，许下了什么愿心？我问你。"

夭夭说："我又不想做皇帝正宫娘娘，进什么贡？你才要许愿心，巴不得一个人早早回来，一件事功行圆满！"

另外较远一株树上，一个老长工正爬下树来，搭口说："子树上厚皮大个头，好看不中吃。到了十二月都成绣花枕头，金镶玉，瓤子里同棉花絮差不多，干瘪瘪的。外面光，不成材。"

夭夭说："松富满满你说的话有道理。可是我不信！我选好看的就好吃，你不信，我同你打赌试试看。"

长顺正将走过老伴那边去，听到夭夭的话语，回过头来说："夭夭，你赶场常看人赌博，人也学坏了。近来动不动就说要赌点什么。一个姑娘家，有什么可赌的？"

夭夭被爹教训后不以为意，一时回答不出，却咕叽咕叽的笑。过一会儿，看爹爹走过去远了，于是轻轻的说："辰溪

141

县岩鹰洞有个聚宝盆，一条乌黑大蟒蛇守定洞门口，闲人免入，谁也进不去。我哪天爬到洞里去把它偷了来，想要什么就有什么。只要我会想，就一定有万千好东西从盆里取出来。金子银元宝满箱满柜，要多少有多少，还怕和你们打赌？"

另外一个嫂嫂说："聚宝盆又不是酱油罐，你哪能得到？作算你夭夭有本领，当真得到了它，不会念咒语，盆还是空的，宝物不会来的！"

夭夭说："我先去奇梁桥奇梁洞，求老师父传诵咒语，给他磕一百零八个响头，拜他做师父，他会教给我念咒语。"

嫂嫂说："好容易的事！做老君徒弟要蹲在烧丹炉灶边，拿芭蕉扇煽三年火，不许动，不许眨眼睛，你个猴儿精做得到？"

老长工说："神仙可不要像夭夭这种人做徒弟。三脚猫，蹦蹦跳，翻了他的鼎灶，千年功行，化作飞灰。"

夭夭说："邪嗨，唐三藏取经大徒弟是什么人？花果山，水帘洞，猴子王，孙悟空！"

"可是那是一只真正有本领的猴子。"

"我也会爬树，爬得很高！"

"老师父又不要你偷人参果，会爬树有什么用？"

"我敢和你打赌。只要我去，他鉴定我一番志诚心，一定会收我做个徒弟。"

"一定收？他才不一定！收了你头上戴个紧箍咒，咒语一念,你好受;当年齐天大圣也受不了,你受得了?"

"我们赌点什么看,随你赌什么。"

父亲在另外一株树下听到几个人说笑辩嘴,仰头对树上的夭夭说:"夭夭,你又要打赌,聚宝盆还得不到,拿什么东西输给人?我就敢和你打赌,我猜你得不到聚宝盆。且待明天得到了,带回家来看看,再和别人打赌并不迟!"

把大家都说笑了。各人都在树上高处笑着,摇动了树枝,这里那里都有赤红如火橘子从枝头下落。夭夭上到最高枝,有意摇晃得尤其厉害,掉落下的橘子也就分外多。照规矩掉下地的橘子已经受损,必另外放在一处,留给家里人解渴。长顺一面捡拾树下的橘子,一面说:

"上回省里委员过路,说我们这里橘子像'摇钱树'。夭夭得不到聚宝盆,倒先上了摇钱树。"

夭夭说:"爹爹,这水泡泡东西值什么钱?"

长顺说:"货到地头死,这里不值钱,下河可值钱。听人说北京橘子五毛钱一个,上海一块钱两斤。真是树上长钱!若卖到这个价钱,我们今年就发大财了。"

"我们园里多的是,怎么不装两船到上海去卖?"

"夭夭,去上海有多远路,你知道不知道?两个月船还撑不到,一路上要有三百二十道税关,每道关上都有个稽查,伸手要钱。一得罪了他,就说,今天船不许开,要盘舱检查。我们有多少本钱做这种蠢事情。"

夭夭很认真的神气说:"爹爹,那你就试装一船,带我到武昌去看看也好。我看什么人买它,怎么吃它,我总不相信!"

另外一个长工,对于省城里来的委员,印象总不大好,以为这些事也是委员传述的,因此参加这个问题的讨论,说:"委员的话信不得。这种人下乡来什么都不知道!他告我们说:'外国洋人吃的鸡不分公母,都是三斤半重,小了味道不鲜,大了肉老不中吃。'我告他:'委员,我们村子里阉鸡十八斤重,越喂得久,越老、越肥、越好吃。'他说:'天下哪有这种事!'到后把我家一只十五斤大阉鸡捉上省里研究去了。他可不知道天下书本上没有的事,我吕家坪萝卜溪就有,一件一件的放在眼里,记在心上,委员哪会知道。"

当家的长顺,想起烂泥地方人送萝卜到县城里去请赏,一村子人人都熟知的故事,不由己哈哈大笑,走到自己田圃里看菜秧去了。

大嫂子待公公走远后,方敢开口说笑话,取笑夭夭说:"夭姊,你六喜将来在洋学堂毕了业,回来也一定是个委员!"六喜是夭夭未婚夫的小名,现在省里第三中学读书,两家还是去年插的香。

老长工帮腔下去说:"作了委员,那可不厉害!天下事心中一本册,无所不知。外洋的事也知道!上知天文下知地理,可就不知道我吕家坪事情。阉鸡有十八斤重,橘子卖两块钱一挑,一定要眼见方为实。"

第三章　那些可爱的人

夭夭的三黑嫂子也帮腔说笑话："为人有才学，一颗心七窍玲珑，自然凡事心中一本册！"

那大嫂子有意撩夭夭辩嘴，便说："嗨，一颗心子七窍玲珑，不算出奇。还有人心子十四个窍，夭姊你说是不是？"她指的正是夭夭，要夭夭回答，窘那么一下。

夭夭随口而说："我说不是！"

三黑嫂子为人忠厚老实，不明白话中意思，却老老实实询问夭夭，下省去时六喜到不到河上来看她。因为听人说上了洋学堂，人文明开通了，见面也不要紧。在京城里，文明人还挽着手过街！

夭夭对于这种询问明白是在作弄她，只装不曾听到，背过身去采摘橘子。橘子满筐后，便溜下树来倒进另外一个空篓里去。把事情做完时，在树下方很认真似的叫大嫂说：

"大嫂大嫂，我问你话！"

大嫂子说："什么话？"

夭夭想了想，本待说嫂嫂进门时，哥哥不在家，家中用雄鸡代替哥哥拜堂圆亲的故事，取笑取笑。因为恰恰有个长工来到身边，所以便故意言不对题："什么画，画喜鹊噪梅。"说完，自己哈哈笑着，走开了。

住对河坳上守祠堂的老水手，得到村子里人带来的口信，知道长顺家卖了一船橘子给镇上商会会长，今天下树，因此赶紧渡河过萝卜溪来帮忙。夭夭眼睛尖，大白狗眼睛更尖，老

145

水手还刚过河,人在河坎边绿竹林外,那只狗就看准了,快乐而兴奋,远远的向老水手奔去。夭夭见大白狗飞奔而前,才注意到河坎边竹林子外的来人,因此也向那方面走去。在竹林前和老水手迎面碰头时,夭夭说:

"满满,你快来帮我们个忙!"

这句话含义本有两种,共同工作名为帮忙,橘子太多要人吃,照例也说帮忙。乡下人客气笑话,倒常常用在第二点。所以老水手回答夭夭说:

"我帮不了忙!夭夭。人老了,吃橘子不中用了。一吃橘子牙齿就发酸。烂甜杏子不推辞,一口气吃十来个,眼睛闭闭都不算好汉。"话虽如此说,老水手到了橘园里,把头上棕叶斗笠挂到扁担上后,即刻就参加摘橘子工作,一面上树一面告给他们,年青时如何和人赌吃狗矢柑,一口气吃二十四个,好像喝一坛子酸醋,全不在乎。人老来,只要想想牙龈也会发疼。

夭夭在老水手树边,仰着个小头:"满满,我想要我爹装一船橘子到武昌去,顺便带我去,我要看看他们城里文明人吃橘子怎么下手。用刀子横切成两半,用个小机器挤出水来放在杯子里,再加糖加水吃,多好笑!他们怕什么?一定是怕橘子骨骨儿卡喉咙,咽下去从背上长橘子树!我不相信,要亲眼去看看。"

老水手说:"这东西带到武昌去,会赔本的。关卡太多了,一路上税，一路打麻烦，你爹发不了财的。"

夭夭说："发什么财？不赔本就成了。我要看看他们是不是花一块钱买三四个橘子，当真是四个人合吃一个，一面吃一面还说：'好吃，好吃，真真补人补人！'我总不大相信！"

老水手把额纹皱成一道深沟，装作严肃却忍不住要笑笑："他们城里人吃橘子，自然是这样子，和我们一块钱买两百个吃来不同！他们舍不得皮上经络，就告人说：'书上说这个化痰顺气'，到处是痰多气不顺的人，因此全都留下化痰顺气了。真要看，等明年六喜哥回来，带你到京城里三贝子花园去看。那里洋人吃橘子，羊也吃橘子，大耳朵毛兔也吃橘子，大家都讲卫生，补得精精神神，文文明明。"

夭夭深怕人说到自己忌讳上去，所以有意挑眼："满满，你大清早就放快，鹿呀马呀牛黄八宝化痰顺气呀！三辈子五倍子，我不同你说了！"话一说完，就扬长走过爸爸身边看菜秧去了。

枣子脸二姑娘却向老水手分疏："满满，你说的话犯夭夭一人忌讳，和我们不相干。"

长顺问夭夭："怎么不好好做事，又三脚猫似的到处跑跑跳跳？"

夭夭借故说："我要回家去看看早饭烧好了没有。满满来了，炖一壶酒，煎点干鱼，满满欢喜吃酒吃鱼！等等没有吃，爹爹你又要说我。"

黑中俏夭夭走后，长顺回到了树下，招呼老水手。老水手说："大爷，我听人说你卖了一船橘子给会长，今天下船，我来帮忙。"

"有新闻没有？"当家的话中实有点说笑意思，因为村子里唯有老水手爱打听消息，新闻格外多，可是事实上这些新闻，照例又是并不值得大惊小怪的。因这点好事性情，老水手在当地熟人看来，也有趣多了。

老水手昨天到芦苇溪赶场，抱着"一定有事"的期望态度，到了场上。各处都走遍后，看看凡事还是与平时一样，到处在赌咒发誓讲生意。除在赌场上见几个新来保安队副爷，狗扑羊殴打一个米经纪，其余真是凡事照常。因为被打的是个米经纪，平时专门剥削生意人，所以大家乐得看热闹袖手旁观。老水手预期的变故既不曾发生，不免小小失望。到后往狗肉摊边一坐，一口气就吃了一斤四两肥狗肉，半斤烧酒，脚下轻飘飘的，回转枫树坳。将近祠堂边时，倒发现了一件新鲜事情。原来镇上烧瓦窑的刘聋子，不知带了什么人家的野娘儿们，在坳上树林里撒野，不提防老水手赶场回来的这样早，惊窜着跑了。

老水手正因为喝了半斤烧酒，血在大小管子里急急的流，兴致分外好。见两个人向山后拼命跑去时，就在后面大声嚷叫："烧瓦的，烧瓦的，你放下了你那瓦窑不管事，倒来到我这地方取风水，清天白日不怕羞，真正是岂有此理！你明天

第三章 那些可爱的人

不到祠堂来挂个红,我一定要禀告团上,请人评评理!"可是烧瓦的刘老板,是镇上出名的聋子,老水手忘了聋子耳边响炸雷,等于不说。醉里的事今早上已忘怀了,不是长顺提及"新闻",还不会想起它来。

老水手笑着说:"大爷,没有别的新闻。我昨天赶芦苇溪的场,吃了点'汪汪叫',喝了点'闷糊子',腾云驾雾一般回来时,若带得有一面捉鹌鹑的摇网,一下子怕不捉到了一对'梁山伯祝英台'!这一对扁毛畜生,胆敢在我屋后边平地砌窠!"

身旁几个人听来,都以为老水手说的是雀鸟,不作意笑着。因为这种灰色长尾巴鸟类,多成对同飞同息,十分亲爱,乡下人传说是故事中"梁山伯祝英台",生前婚姻不遂死后的化身。故事说来虽极其动人,这雀鸟样子声音可都平平常常。一身灰扑扑的杂毛,叫时只会呷呷呷,一面飞一面叫,毫无动人风格。捉来养在家中竹笼里,照例老不驯服,只会碰笼,本身既不美观,又无智慧或悦耳声音,实在没有什么用处,老秀才读了些旧书,却说这就是古书上说的"鸠鸟",赶蛇过日子,土名"蛇呷雀儿",羽毛浸在酒中即可毒人。因此这东西本地人通不欢喜它。

老水手于是又说笑:"我还想捉来进贡,送给委员去,让委员也见识见识!"

大家不明白老水手意思所在,老水手却因为这件事只有自己明白,极其得意,独自莞尔而笑。

一村子里人认为最重大的事情,政治方面是调换县长,军事方面是保安队移防,经济方面是下河桐油花纱价格涨落,除此以外,就俨然天下已更无要紧事情。老水手虽说并无新闻,一与橘子园主人谈话,总离不了上面三个题目。县长会办事,还得民心,一时不会改动。保安队有什么变故发生,多在事后方知道,事前照例不透消息。传说多,影响本地人也相当严重的,是与沿河人民生活关系密切的桐油。看老《申报》的,弄船的,号口上坐庄的,开榨油坊的,挖山的,无人不和桐油有点关连。这两个人于是把话引到桐油上来,长顺记起一件旧事来了。今年初就传说辰州府地方,快要成立一个新式油业公司,厂址设在对河,打量用机器榨油,机器熬炼油,机器装油,……总而言之一切都用机器。凡是原来油坊的老板,掌搥、管榨、烧火看锅子、蒸料包料,以及一切杂项工人和拉石碾子的大黄牯牛,一律取消资格,全用机器来代替。乡下人无知识,还以为这油业公司一成立,一定是机器黄牛来做事,省城里派来办事的人,就只在旁边抱着个膀子看西洋景。

这传说初初被水上人带到吕家坪时,原来开油坊的人即不明白这对于他们事业有何不利,只觉得一切用机器,实在十分可笑。从火车轮船电光灯,虽模糊意识到"机器"是个异常厉害的东西,可是榨油种种问题,却不相信机器人和机器黄牛办得了。因为蒸料要看火色,全凭二十年经验才不至于误事,决不是儿戏。机器是铁打的,凭什么经验来作?本领谁教它?总之可笑处比可怕处还多。传说难证实,从乡下人看来,倒正像是办机器油坊的委员,明知前途困难,所以搁下了的。

长顺想起了这公司"旧事重提"的消息,就告给老水手说:

"前天我听会长说,辰州地方又要办那个机器油坊了。办成功他们开张发财,我们这地方可该歪①,怕不有二三十处油坊,都得关门大吉!"

老水手说:"那怕什么?他们办不好的!"

"你怎么知道办不好?有五百万本钱,省里委员,军长,局长,都有股份。又有钱,又有势,又有跑路的狗,还不容易办?"

"我算定他们办不好。做官的人哪会办事?管事的想捞几个钱,打杂的也想捞几个钱,捞来捞去有多少?我问你。纵勉勉强强开办得成,机器能出油,我敢写包票,油全要不得。一定又脏又臭,水色不好,沉淀又多,还搀了些米汤,洋人不肯收买它。他们要赔本关门。大爷你不用怕,让他们去试试看,不到黄河心不死,这些人能办什么事!成块银子丢到水里去,还起个大泡。丢到油里去,不会起泡,等于白丢。"

长顺摇摇头,对这官民争利事结果可不那么乐观:"他们

---

① 该歪:湘西及四川方言,倒霉。

有关上人通融，向下运还便利，又可定官价买油收桐子，手段很厉害！自己机器不出油，还可用官价来收买别家的油，贴个牌号充数，也不会关门！"

老水手举起手来打了个响榧子："唉嗨，我的大爷，什么厉害不厉害？你不看辰溪县复兴煤矿，他们办得好办不好？他们办我们也办，一个'哀（挨）而不伤'。他们办不好的！"

"古人说：官不与民争利，有个道理。现在不同了，有利必争。"

说到这事话可长了。三十年前的官要面子，现在的官要面子也要一点……往年的官做得好，百姓出份子造德政碑万民伞送"青天"，现在的官做不好，还是要民众出份子登报。"登了报，不怕告"，告也不准账。把状纸送到专员衙门时，专员会说："你这糊涂乡下人，已经出名字登报，称扬德政，怎么又来禀告父母官？怕不是受人愚弄刁唆吧！"完事。官官相卫告不了，下次派公债时，凡禀帖上有名有姓的，必点名叫姓多出一百八十。你说捐不起，拿不出，委员会说："你上回请讼棍写禀帖到专员衙门控告父母官，又出得起钱！"不认捐，反抗中央功令，押下来，吊起骡子讲价钱，不怕你不肯出。

不过长顺是个老《申报》读者，目击身经近二十年的变，虽不大相信官，可相信国家。对于官永远怀着嫌恶敬畏之忱，对于国家不免有了一点儿"信仰"。这点信仰和他的家业性情相称，且和二十年来所得的社会经验相称。他有种单纯而诚实

第三章　那些可爱的人

的信念，相信国家不打仗能统一，究竟好多了。国运和家运一样，一切事得慢慢来，慢慢的会好转的。

话既由油坊而起，老水手是个老《申报》间接读者，于是推己及人忖度着："我们南京那个老总，知不知道这里开油业公司的事情？我们为什么不登个报，让他从报上知道？他一定也看老《申报》。他还派人办《中央日报》，应当知道！"

长顺对于老水手想象离奇处皱了皱眉："他坐在南京城，不是顺风耳，千里眼，哪知道我们乡下这些小事情。日本鬼子为北方特殊化，每天和他打麻烦，老《申报》就时常说起过。这是地方事件，中央管不着。"

说来话长，只好不谈。两人都向天空看了那么一眼。天上白云如新扯棉絮，在慢慢移动。河风吹来凉凉的。只听得有鹌鹑叫得很快乐，大约在河坎边茅草蓬里。

枣子脸二姑娘在树上插嘴说话："满满明天你一早过河来，我们和夭夭上山罩鹌鹑去。夭夭大白狗好看不中用，我的小花子狗，你看它相貌看不出，身子一把柴瘦得可怜，神气萎琐琐的，在草窠里追扁毛畜生时，可风快！"

老水手说："二姐上什么山，花果山？你要捉鹌鹑，和夭夭跟我到三里牌河洲上去，茅草蓬蓬里要多少！又不是捉来打架，要什么罩网？只带个捕鱼的撒手网去，向草窠中一网撒开去，就会有一二十只上手！我亲眼看过高村地方人捉鹌鹑，就用这个方法，捉了两挑到吕家坪来卖。高村人见了那么多鹌鹑,问他从什么地方得来的,说笑话是家里孵养的。"

长顺说:"还有省事法子,芷江人捉鹌鹑,只把个细眼网张在草坪尽头,三四个人各点个火把,扛起个大竹枝,拍拍的打草,一面打一面叫:'姑姑姑,咯咯咯',上百头鹌鹑都被赶向网上碰,一捉就是百八十只,全不费事!"

二姑娘说:"爹你怎么早不说,好让我们试试看?"又说,"那好极了,我们明天就到河洲上去试试,有灵有验,会捉上一担鹌鹑!"

老水手说:"这不出奇,还有人在河里捉鹌鹑!一面打鱼一面捉那个扁毛畜生。"

提起打鱼,几个人不知不觉又把话题转到河下去,老水手正想说起那个蛤蟆变鹌鹑的荒唐传说,话不曾开口。

夭夭从家中跑了来,远远的站在一个土堆子上,拍手高声叫喊:

"吃饭了!吃饭了!菜都摆好了,你们快快来!"

最先跑回去的是那只大白狗,几个小孩子。

老水手到得饭桌边时,看看桌上的早饭菜,不特有干鱼,还有鲜鱼烧豆腐,红虾米炒韭菜。老水手说笑话:

"夭夭,你家里临河,凡是水里生长的东西,全上了桌子,只差水爬虫不上桌子。"

站在桌边点着数目分配碗筷的夭夭,带笑说:"满满,还有咧,你等等看吧。"说后就回到厨房里去了。一会儿捧出一

第三章　那些可爱的人

大钵子汤菜来，热气腾腾。仔细看看，原来是一钵田螺肉煮酸白菜！夭夭很快乐的向老水手说："满满你信不信，大水爬虫也快上桌子了？"

说得大家笑个不止。吃过饭后一家人依然去园里摘橘子，长顺却邀老水手向金沙溪走，到溪头去看新堰坝。堰坝上安了个小小鱼梁，水已下落，正有个工人蹲在岸边破篾条子修补鱼梁上的棚架。到秋天来溪水下落，堰坝中多只蓄水一半，水碾子转动慢了许多，水车声虽然还咿咿哑哑，可是也似乎疲倦了，只想休息神气。有的已停了工，车盘上水闸上粘挂了些水苔，都已枯绵绵的，被日光漂成白色。扇把鸟还坐在水车边石堤坎上翘起扇子形尾巴唱歌，石头上留下许多干白鸟粪。在水碾坊石墙上的薜荔，叶子红红绿绿。碾坊头那一片葵花，已经只剩下个乌黑干子，在风中斜斜弯弯的，再不像往时斗大黄花迎阳光扭着颈子那种光鲜。一切都说明这个秋天快要去尽了，冬天行将到来。

两个人沿溪看了四座碾坊，方从堰坝上迈过对溪，抄捷径翻小山头回橘子园。

到午后，已摘了三晒谷簟橘子。老水手要到镇上去望望，长顺就托他带个口信，告会长一声，问他什么时候来过秤装运。因为照本地规矩，做买卖各有一把秤，一到分量上有争持时，各人便都说："凭天赌咒，自己秤是官秤，很合规矩。大斗小秤不得天保佑。"若发生了纠纷，上庙去盟神明心时，还

155

必须用一只雄鸡,在神座前咬下鸡头各吃一杯血酒,神方能作见证。这两亲家自然不会闹出这种纠葛,因此橘子园主人说笑话,嘱咐老水手说:

"大爷,你帮我去告会长,不要扛二十四两大秤来,免得上庙明心,又要捉我一只公鸡!"

老水手说:"那可免不了。谁不知道会长号上的大秤。你怕上当,上好是不卖把他!"老水手说的原同样是一句笑话。

选自《长河》,开明书店一九四八年八月版

一个老战兵

当时在补充兵的意义下,每日受军事训练的,本城计分三组,我所属的一组为城外军官团陈姓教官办的,那时说来似乎高贵一些。另一组在城里镇守使衙门大操坪上操的,归镇守使署卫队杜连长主持,名分上便较差些。这两处皆用新式入伍训练。还有一处归我本街一个老战兵滕四叔所主持,用的是旧式教练。新式教练看来虽十分合用,钢铁的纪律把每个人皆造就得自重强毅,但实在说来真无趣味。且想想,在附近中营游击衙门前小坪操练的一群小孩子,最大的不过十七岁,较小的还只十二岁,一下操场总是两点钟,一个跑步总是三十分钟,姿势稍有不合就是当胸一拳,服装稍有疏忽就是一巴掌。盘杠杆,从平台上拿顶,向木马上扑过,一下子掼到地上时,哼也不许哼一声。过天桥时还得双眼向前平视,来回作正步通过。野外演习时,不管是水是泥,喊卧下就得卧下,这些规矩纪律真不大同本地小孩性格相宜。可是旧式的那一组,却太潇洒了。他们学的是翻筋斗,打藤牌,舞长槊,耍齐眉棍。我们穿一色到底的灰衣,他们却穿各色各样花衣。他们有描花皮类的方盾牌,藤类编成的圆盾牌,有弓箭,有标枪,有各种华丽悦目的武器。他们或单独学习,或成对厮打,各人可各照自己意见去选择。他们常常是一人手持盾牌单刀,一人使关刀或戈矛,照规矩练"大刀取耳""单戈破牌"或其他有趣厮杀题目。两人一面厮打一面大声喊"砍""杀""摔""坐",应当归谁翻一个筋斗时,另一个就用敏捷的姿势退后一步,让出个小小地位。应当归谁败下时,战败的跌倒时也有一定的章法,做得又自然,又活泼。作教师的在身旁指点,稍有了些错误,自己就占据到那个地位上去示范,为他们纠正错误。

这教师就是个奇人趣人,不拘向任何一方翻筋斗时,毫不用力,只需把头一偏,即刻就可以将身体在空中打一个转折。他又会爬树,极高的桅子,顷刻之间就可上去。他又会拿顶,在城墙雉堞上,在城楼上,在高桅半空旗杆上,无地无处不可以身体倒竖把手当成双脚,来支持很久的时间。他又会泅水,任何深处可以一余子到底,任何深处皆可泅去。他又会摸鱼,钓鱼,叉鱼,有鱼的地方他就可以得鱼。他又明医术,谁跌碰伤了手脚时,随手采几样路边草药,捣碎敷上,就可包好。他又善于养鸡养鸭,大门前常有许多高贵种类的斗鸡。他又会种花,会接果树,会用泥土捏塑人像。

这旧式的一组能够存在,且居然能够招收许多子弟,实在说来,就全为的是这个教练的奇才异能。他虽同那么一大堆小孩子成天在一处过日子,却从不拿谁一个钱,也从不要公家津贴一个钱,他只属于中营的一个老战兵,他做这件事也只因为他欢喜同小孩子在一处。全城人皆喊他为"滕师傅",他却的的确确不委屈这一个称呼。他样样来得懂得,并且无一事不精明在行,你要骗他可不成,你要打他你打不过他。最难得处就是他比谁都和气,比谁都公道。但由于他是一个不识字的老战兵,见"额外""守备"这一类小官时,也得谦谦和和的喊一声"总爷"。他不单教小孩子打拳,有时还鼓励小孩子打架,他不只教他们摆阵,甚至于还教他们洗澡、赌博,因此家中有规矩点的小孩,却不大到他这里来,到他身边来的,多数是些寒微人家子弟。

他家里藏了漆朱红花纹的牛皮盾牌,带红缨的标枪,锻银的方天画戟,白檀木的齐眉棍。他家中有无数的武器,同时也有无数的玩具:有锣,有鼓,有笛子胡琴,渔鼓简板,骨牌纸牌,无不齐全。大白天,家中照例常常有人唱戏打牌,如同一个俱乐部。到了应当练习武艺时,弟子儿郎们便各自扛了武器到操坪去。天气炎热不练武,吃过饭后就带领一群小孩,并一笼雏鸭,拿了光致致的小鱼叉,一同出城下河去教练小孩子泅水,且用极优美姿势钻进深水中去摸鱼。

在我们新式操练两组里,谁犯了事,不问年龄大小,不是当胸一拳，就是罚半点钟立正，或一个人独自绕操场跑步一点钟。可是在他们这方面，就不作兴这类苛刻处罚。一提到处罚，他们就嘲笑这是种"洋办法"，事情由他们看来十分好笑。至于他们的错误，改正错误的，却总是那师傅来一个示范的典雅动作，相伴一个微笑。犯了事，应该处罚，也总不外是罚他泗过河一次，或类似有趣味的待遇，在处罚中即包含另一种行为的奖励。我们敬畏老师，一见教官时就严肃了许多，也拘束了许多。他们则爱他的师傅，一近身时就潇洒快乐了许多。我们那两组学到后来得学打靶，白刃战的练习，终点是学科中的艰深道理，射击学，筑城学，以及种种不顺耳与普通生活无关系的名词。他们学到后来却是驰马射箭，再多学些便学摆阵，人穿了五彩衣服，扛了武器和旗帜，各自随方位调动，随金鼓声进退。我们永远是枯燥的，把人弄呆板起来，对生命不流动的。他们却自始至终使人活泼而有趣味，学习本身同游戏就无法分开。

本地武备补充训练既分三处，当时从学的，最合于事实的希望，大都只盼得一个守兵的名额。我们新式操练成绩虽不坏，可是有守兵出缺实行考试时，还依然让那老战兵所教练的旧式一组得去名额最多。即到十六年后的现在，从三处出身的军官，精明，能干，勇敢，负责，也仍然是一个从他那儿受过基础教育的张姓团长，最在行出色。

当时我同那老战兵既同住一条街上，家中间或有了什么

第三章　那些可爱的人

小事，还得常常请他帮点忙。譬如要点药，或做点别的事，总少不了他。可是家中却不许我跟这战兵在一处，还是要我扛了一支长长的青竹子，出城过军官团去学习撑篙跳，让班长用拳头打胸脯，大约就为的是担心我跟这样俗气的人把习惯弄坏。但家中却料不到十来年后，在军队中好几次危险，我用来自救救人的知识，便差不多全是从那老战兵学来的！

在我那地方，学识方面使我敬重的是我一个姨父，是个进士，辛亥后民选县知事。带兵方面使我敬重的是本地一个统领官，做人最美，技能最多，使我觉得他富于人性十分可爱的，是这个老战兵。

家中对于我的放荡既缺少任何有效方法来纠正，家中正为外出的爸爸卖去了大部分不动产，还了几笔较大的债务，景况一天比一天坏下去。加之二姐死去，因此母亲看开了些，以为与其让我在家中堕入下流，不如打发我到世界上去学习生存。在各样机会上去做人，在各种生活上去得到知识与教训。当我母亲那么打算了一下，决定了要让我走出家庭到广大社会中去竞争生存时，就去向一个杨姓军官谈及，便得到了那方面的许可，应允尽我用补充兵的名义，同过辰州。那天我自己还正好泡在河水里，试验我从那老战兵学来的沉入水底以后的耐久力，与仰卧水面的上浮力。这天正是旧历七月十五中元节，我记得分明，到河边还为的是拿了些纸钱同水酒白肉奠祭河鬼，照习俗这一天谁也不敢落水，河中清静异常。纸

161

钱烧过后,我却把酒倒到水中去,把一块半斤重熟肉吃尽,脱了衣裤,独自一人在清清的河水中拍浮了约两点钟左右。

七月十六那天早上,我就背了小小包袱,离开了本县学校,开始混进一个更广泛的学校了。

选自《从文自传》,开明书店一九三八年七月版

姓文的秘书

当我已升作司书常常伏在戏楼上窗口边练字时,从别处地方忽然来了一个趣人,作司令部的秘书官。这人当时只能说他很有趣,现在想起他那个风格,也作过我全生活一颗钉子,一个齿轮,对于他有可感谢处了。

这秘书先生小小的个儿,白脸白手,一来到就穿了青缎马褂各处拜会。这真是希奇事情。部中上下照例全不大讲究礼节,吃饭时各人总得把一只脚踩到板凳上去,一面把菜饭塞满一嘴,一面还得含含糊糊骂些野话。不拘说到什么人,总得说:

"那杂种,真是……"

这种辱骂并且常常是一种亲切的表示,言语之间有了这类语助辞,大家谈论就仿佛亲热了许多。小一点且常喊小鬼,小屁眼客,大一点就喊吃红薯吃糟的人物,被喊的也从无人作兴生气。如果见面只是规规矩矩寒暄,大家倒以为是从京里学来的派头,有点"不堪承教"了。可是那姓文的秘书到了部里以后,对任何人都客客气气的,即或叫副兵,也轻言细语,同时当着大家放口说野话时,他就只微微笑着。等到我们熟了点,单是我们几个秘书处的同事在一处时,他见我说话,凡属自称必是"老子",他把头摇着:

"啊呀呀,小师爷,你人还那么一点点大,一说话也老子长老子短!"

我说:"老子不管,这是老子的自由。"可是我看看他那和气的样子,我有点害羞起来了,便解释我的意见:"这是说来玩的,并不损害谁。"

那秘书官说:

"莫玩这个,你聪明,你应当学好的。世界上有多少好事情可学!"

我把头偏着说:

"那你给老子说说,老子再看看什么样好就学什么吧。"

因为我一面说话一面看他,所以凡是说到"老子"时总不得不轻声一点,两人谈到后来,不知不觉就成为要好的朋友了。

我们的谈话也可以说是正在那里互相交换一种知识,我从他口中虽得到了不少知识,他从我口中所得的也许还更多一点。

第三章　那些可爱的人

　　我为他作狼嗥，作老虎吼，且告诉他野猪脚迹同山羊脚迹的分别。我可从他那里知道火车叫的声音，轮船叫的声音，以及电灯电话的样子。我告他的是一个被杀的头如何沉重，那些开膛取胆的手续应当如何把刀在腹部斜勒，如何从背后踢那么一脚。他却告我美国兵英国兵穿的衣服，且告我鱼雷艇是什么，氢气球是什么。他对于我所知道的种种觉得十分新奇，我也觉得他所明白的真真古怪。

　　这种交换谈话各人真可说各有所得，故在短短的时间中，我们便成就了一种最可纪念的友谊。他来到了怀化后，先来几天因为天气不大好，不曾清理他的东西。三天后出了太阳，他把那行李箱打开时，我看到他有两本厚厚的书，字那么细小，书却那么厚实，我竟吓了一跳。他见我为那两本书发呆，就说：

　　"小师爷，这是宝贝，天下什么都写在上面，你想知道的各样问题，全部写得有条有理，清楚明白。"

　　这样说来更使我敬畏了。我用手摸摸那书面，恰恰看到书脊上两个金字，我说：

　　"《辞源》，《辞源》。"

　　"正是《辞源》。你且问我不拘一样什么古怪的东西，我立刻替你找出。"

　　我想了想，一眼望到戏楼下诸葛亮三气周瑜的浮雕木刻，我就说："诸葛孔明卧龙先生怎么样？"他即刻低下头去，前面翻翻后面翻翻，一会儿就被他翻出来了。到后另外又翻了一件别的东西。我快乐极了。他看我自己动手乱翻乱看，恐怕我弄脏了他的书，就要我下楼去洗手再来看。我相信了他的话，洗过了手还乱翻了许久。

因为他见我对于他这一本宝书爱不释手，就问我看过报没有。我说："老子从不看报，老子不想看什么报。"他却从他那《辞源》上翻出关于"老子"一条来，我方知道老子就是太上老君，太上老君竟是真有的人物。我不再称自己作太上老君，我们却来讨论报纸了。于是同另一个老书记约好，三人各出四毛钱，订一份《申报》来看。报钱买成邮花寄往上海后，报还不曾寄来，我就仿佛看了报，且相信他的话，报纸是了不得的东西，我且俨然就从报纸上学会许多事情了。这报纸一共订了两个月，我似乎从那上面认识了好些生字。

这秘书虽把我当个朋友看待，可是我每天想翻翻他那本宝书可不成。他把书好好放在箱子里，他对这书显然也不轻视的。既不能成天翻那宝书，我还是只能看看《秋水轩尺牍》，或从副官长处一本一本的把《西游记》借来看看。办完公事不即离开白木桌边时，从窗口望去正对着戏台，我就用公文纸头描画戏台前面的浮雕。我的一部分时间，跟这人谈话，听他说下江各样东西，大部分时间，还是到外边无限制的玩。但我梦里却常常偷翻他那宝书，事实上也间或有机会翻翻那宝书。氢气是什么，《淮南子》是什么，参议院是什么，就多半从那

第三章　那些可爱的人

本书上知道的。

驻扎到这里来名为"清乡"，实际上便是就食。从湘西方面军队看来，过沅州清乡，比较据有其他防地占了不少优势，当时靖国联军第二军实力尚厚，故我们部队能够得到这片土地。为时不久，靖国联军一军队伍节制权由田应诏转给了他的团长陈渠珍后，一二军的势力有了消长。二军杂色军队过多，无力团结，一军力图自强，日有振作。做民政长兼二军司令的张学济，在财政与军事两方面，支配处置皆发生了困难，第一支队清乡除杀人外既毫无其他成绩，军誉又极坏，因此防地发生了动摇。当一军陈部从麻阳开过，本部感受压迫时，既无法抵抗，我们便在一种极其匆忙中退向下游。于是仍然是开拔，用棕衣包裹双脚，在雪地里跋涉，又是小小的船浮满了一河。五天后我又到辰州了。

军队防区既有了变化，杂牌军队有退出湘西的模样，二军全部用"援川"名义，开过川东去就食。我年龄由他们看来，似乎还太小了点，就命令我同一个老年副官长，一个跛脚副官，一个吃大烟的书记官，连同二十名老弱兵士，留在后方的留守部，办点儿后勤杂事。

军队开走后，我除了每三天誊写一份报告，以及在月底造一留守部领饷清册呈报外，别的便无事可做。街市自从二军开拔后，似乎也清静多了。我每天依然常常到那卖汤圆处去坐坐，间或又到一军学兵营看学兵下操。或听副官长吩咐，和一个兵士为他过城外水塘边去钓蛤蟆,把那小生物弄回部里,加上香料,剥皮熏干,给他下酒。吃不完还把一半托人捎回家乡给老太太。

选自《从文自传》,开明书店一九三八年七月版

辰河小船上的水手

　　我自从离开了那个水獭皮帽子的朋友以后，独自坐到这只小船上，已闷闷的过了十天。小船前后舱面既十分窄狭，三个水手白日皆各有所事：或者正在吵骂，或者是正在荡桨撑篙，使用手臂之力，使这只小船在结了冰的寒气中前进。有时两个年青水手即或上岸拉船去了，船前船后又有湿淋淋的缆索牵牵绊绊，打量出去站站，也无时不显得碍手碍脚，很不方便。因此我就只有蜷伏在船舱里，静听水声与船上水手辱骂声，打发了每个日子。

　　照原定计划，这次旅行来回二十八天的路程，就应当安排二十二个日子到这只小船上。如半途中这小船发生了什么意外障碍，或者就多得四天五天。起先我尽记着水獭皮帽子的朋友"行船莫算，打架莫看"的格言，对于这只小船每日应走多少路，已走多少路，还需要走多少路，从不发言过问。他们说"应当开头了",船就开了,他们说"这鬼天气不成,得歇憩烤火",我自然又听他们歇憩烤火。天气也实在太冷了一点,篙上桨上莫不结了一层薄冰。我的衣袋中,虽还收藏了一张桃源县管理小划子的船总亲手所写"十日包到"的保单,但天气既那么坏,还好意思把这张保单拿出来向掌舵水手说话吗?

我口中虽不说什么,心里却计算到所剩余的日子,真有点着急。

可是三个水手中的一人,已看准了我的弱点,且在另外一件事情上,又看准了我另外一项弱点,想出了个两得其利的办法来了。那水手向我说道:

"先生,你着急,是不是?不必为天气发愁。如今落的是雪子,不是刀子。我们弄船人,命里派定了划船,天上纵落刀子也得做事!"

我的座位正对着船尾,掌舵水手这时正分张两腿,两手握定舵把,一个人字形的姿势对我站定。想起昨天这只小船搁入石罅里,尽三人手足之力还无可奈何时,这人一面对天气咒骂各种野话,一面卸下了裤子向水中跳去的情形,我不由得微哂了一下。我说:"天气真坏!"

他见我眉毛聚着,便笑了。"天气坏不碍事,只看你先生是不是要我们赶路,想赶快一些,我同伙计们有的是办法!"

我带了点埋怨神气说:"不赶路,谁愿意在这个日子里来

第三章　那些可爱的人

在河上受活罪？你说有办法，告我看是什么办法！"

"天气冷，我们手脚也硬了。你请我们晚上喝点酒，活活血脉，这船就可以在水面上飞！"

我觉得这个提议很正当，便不追问先划船后喝酒，如何活动血脉的理由，即刻就答应了。我说："好得很，让我们的船飞去吧，欢喜吃什么买什么。"

于是这小船在三个划船人手上，当真俨然一直向辰河上游飞去。经过钓船时就喊买鱼，一拢码头时就用长柄大葫芦满满的装上一葫芦烧酒。沿河两岸连山皆深碧一色，山头常戴了点白雪，河水则清明如玉。在这样一条河水里旅行，望着水光山色，体会水手们在工作上与饮食上的勇敢处，使我在寂寞里不由得不常作微笑！

船停时，真静。一切声音皆为大雪以前的寒气凝结了。只有船底的水声，轻轻的轻轻的流去，——使人感觉到它的声音，几乎不是耳朵却只是想象。三个水手把晚饭吃过后，围在后舱钢灶边烤火烘衣。

时间还只五点二十五分，先前一时在长潭中摇橹唱歌的一只大货船，这时也赶到快要靠岸停泊了。只听到许多篙子钉在浅水石头上的声音，且有人大嚷大骂。他们并不是吵架，不过在那里"说话"罢了。这些人说话照例永远得使用个粗野字眼儿，也正同我们使用标点符号一样，倘若忘了加上去，意思也就很容易模糊不清楚了。这样粗野字眼儿的使用，即在父

171

子兄弟间也少不了。可是这些粗人野人,在那吃酸菜臭牛肉说野话的口中,高兴唱起歌来时,所唱的又正是如何美丽动人的歌!

大船靠定岸边后,只听到有一个人在船上大声喊叫:

"金贵,金贵,上岸××去!"

那个名为金贵的水手,似乎正在那只货船舱里鱿鱼海带间,嘶着个嗓子回答说:

"你××去我不去。你娘××××正等着你!"

我那小船上三个默默的烤火烘衣的水手,听到这个对白,便一同笑将起来了。其中之一学着邻船人语气说:

"××去,×你娘的×。大白天像狗一样在滩上爬,晚上好快乐!"

另一个水手就说:

"七老,你要上岸去,你向先生借两角钱也可以上岸去!"

几个人把话继续说下去,便讨论到各个小码头上"吃四方饭"娘儿们的人材与轶事来了。说及其中一些野妇人悲喜的场面时,真使我十分感动。我再也不能孤独的在舱中坐下了,就爬到那个钢灶边去,同他们坐在一处去烤火。

我搀入那个团体时,询问那个年纪较大的水手:

"掌舵的,我十五块钱包你这只船,一次你可以捞多少?"

"我可以捞多少,先生!我不是这只船的主人,我是个每年二百四十吊钱雇定的舵手,算起来一个月我有两块三角钱,

第三章 那些可爱的人

你看看这一次我捞多少！"

我说："那么，大伙计，你拦头有多少？全船皆得你，难道也是二百四十吊一年吗？"

那一个名为七老的说："我弄船上行，两块六角钱一次，下行吃白饭！"

"那么，小伙计，你呢？我看你手脚还生疏得很！你昨天差点儿淹坏了，得多吃多喝，把骨头长结实一点点！"

小子听我批评到他的能力就只干笑，掌舵的代他说话：

"先生要你多吃多喝，你不听到吗？这小子看他虽长得同一块发糕一样，其实就只能吃能喝，撒篙子拉纤全不在行！"

"多少钱一月？"我说，"一块钱一月，是不是？"

那个小水手自己笑着开了口："多少钱一月？十个铜子一天。我还不满师，哪会给我关饷？——×他的娘。天气多坏！"

我在心中打了一下算盘，掌舵的八分钱一天；拦头的一角三分一天，小伙计一分二厘一天。在这个数目下，不问天气如何，这些人莫不皆得从天明起始到天黑为止，做他应分做的事情。遇应当下水时，便即刻跳下水中去。遇应当到滩石上爬行时，也毫不推辞即刻前去。在能用气力时，这些人就毫不吝惜气力打发了每个日子，人老了，或大六月发痧下痢，躺在空船里或太阳下死掉了，一生也就算完事了。这条河中至少有十万个这样过日子的人。想起了这件事情，我轻轻的吁了一口气。

173

"掌舵的,你在这条河里划了几年船?"

"我至今五十三,十六岁就到了船上。"

三十七年的经验,七百里路的河道,水涨水落河道的变迁,多少滩,多少潭,多少码头,多少石头——是的,凡是那些较大的知名的石头,这个人就无一不能够很清楚的举出它们的名称和故事!划了三十七年的船,还只是孤身一人,把经验与气力每天作八分钱出卖,来在这水上飘泊,这个古怪的人!

"拦头的大伙计,你呢?你划了几年船?"

"我照老法子算,今年三十一岁,在船上五年,在军队里也五年。我是个逃兵,七月里才从贵州开小差回来的!"

这水手结实硬朗处,倒真配作一个兵。那份粗野爽朗处也很像个兵。掌舵的水手人老了,眼睛发花,已不能如年青人那么手脚灵便,小水手年龄又太小了一点,一切事皆不在行,全船最重要的人物就是他。昨天小船上滩,小水手换篙较慢,被篙子弹入急流里去时,他却一手支持篙子,还能一手把那个小水手捞住,援助上船。上了船后那小子又惊又气,全身湿淋淋的,抱定桅子荷荷大哭。他一面笑骂着种种野话,一面却赶快脱了棉衣单裤给小水手替换。在这小船上他一个人脾气似乎特别大,但可爱处也就似乎特别多。

想起小水手掉到水中被援起以后的样子,以及那个年纪大一点的脱下了裤子给他掉换,光着个下身在空气里弄船的

第三章　那些可爱的人

神气，我心中充满了不可言说的感情。我向小水手带笑说："小伙计，你呢？"

那个拦头的水手就笑着说："他吗？只会吃只会哭，做错了事骂两句，还会说点蠢话：'你欺侮我，我用刀子同你拼命！'拿你刀子来切我的××，老子还不见过刀子，怕你！"

小水手说："老子哭你也管不着！"

拦头的水手说："不管你，你还会有命！落了水爬起来，有什么可哭？我不脱下衣来，先生不把你毯子，不冷死你！十五六岁了的人，命好早×出了孩子，动不动就哭，不害羞！"

正说着，邻船上有水手很快乐的用女人窄嗓子唱起曲子，晃着一个火把，上了岸，往半山吊脚楼取乐去了。

我说："大伙计，你是不是也想上岸去玩玩？要去就去，我这里有的是钱。要几角钱？你太累了，我请客！"

掌舵的老水手听说我请客，赶忙在旁打边鼓儿说："七老，你去，先生请客你就去，两吊钱先生出得起！"

他妩媚的咕咕笑着。我知道那是什么意思，就取了值四吊钱的五角钞票递给他，小水手笑乐着为他把作火炬的废绳燃好。于是推开了篷，这个人就被两个水手推上了岸，也摇晃着个火把，爬上高坎到吊脚楼地方取乐去了。

人走去后，掌舵的水手方把这个人的身世为我详细说出来。原来这个人的履历上，还有十一个月土匪的经验应当添注上去。这个人大白天一面弄船一面吼着说"老子要死了，老子

175

要做土匪去了",种种独白的理由,我才完全明白了。

我心中以为这个人既到了河街吊脚楼,若不是同那些宽脸大奶子女人在床上去胡闹,必又坐到火炉边,夹杂在一群划船人中间向火,嚼花生或剥酸柚子吃。那河街照例有屠户,有油盐店,有烟馆,有小客店,还有许多妇人提起竹篾织就的圆烘笼烤手,一见到年青水手就做眉做眼。还有妇女年纪大些的,鼻梁根扯得通红,太阳穴贴上了膏药,做丑事毫不以为可羞。看中了某一个结实年青的水手时,只要那水手不讨厌她,还会提了家养母鸡送给水手!那些水手胡闹到半夜里回到船上,把缚着脚的母鸡,向舱里同伴热被上抛去,一些在睡梦里被惊醒的同伴,就会喃喃的骂着:"溜子,溜子,你一条××换一只母鸡,老子明早天一亮用刀割了你!"于是各个臭被一角皆起了咕咕的笑声。……

我还正在那个拦头水手行为上,思索到一个可笑的问题,不知道他那么上岸去,由他说来,究竟得到了些什么好处。可是他却出我意料以外,上岸不久又下了河,回到小船上来了。小船上掌舵水手正点了个小油灯,薄薄灯光照着那水手的快乐脸孔。掌舵的向他说:

"七老,怎么的,你就回来了,不同婊子过夜?"

小水手也向他说了一句野话,那小子只把头摇着且微笑着,赶忙解下了他那根腰带。原来他棉袄里藏了一大堆橘子,腰带一解,橘子便在舱板上各处滚去。问他为什么得了那么多橘子，方知道他虽上了岸，却并不胡闹，只到河街上打了个转，在一个小铺子里坐了一会儿，见有橘子卖，知道我欢喜吃橘子，就把钱全买了橘子带回来了。

我见着他那很有意思的微笑，我知道他这时所做的事，对于他自己感觉如何愉快，我便笑将起来，不说什么了。四个人剥橘子吃时，我要他告给我十一个月作土匪的生活，有些什么可说的事情，让我听听。他就一直把他的故事说到十二点钟。我真像读了一本内容十分新奇的教科书。

天气如所希望的终于放晴了，我同这几个水手在这只小船上已经过了十二个日子。

天既放晴后，小船快要到目的地时，坐在船舱中一角，瞻望澄碧无尽的长流，使我发生无限感慨。十六年以前，河岸两旁黛色庞大石头上，依然是在这样晴朗冬天里，有野莺与画眉鸟从山谷中竹篁里飞出来，在石头上晒太阳，悠然自得的啭唱悦耳的曲子，直到有船近身时，又方始一齐向竹林中飞去。十六年来竹林里的鸟雀，那份从容处，犹如往日一个样子。水上划船人愚蠢朴质勇敢耐劳处，也还相去不远。但这个民族，在这一堆长长日子里，为内战，毒物，饥馑，水灾，如何向堕落与灭亡大路走去，一切人生活习惯，又如何在巨大压力下失去了它原来的纯朴型范，形成一种难于设想的模式！

小船到达我水行的终点浦市时，约在下午四点钟左右。这个经过昔日的繁荣而衰败了多年的码头，三十年前是这个地方繁荣达到顶点的时代。十六年前地方业已大大衰落，那时节沿河长街的油坊，尚常有三两千新油篓晒在太阳下，沿河七个用青石作成的码头，有一半还停泊了结实高大四橹五舱运油船。此外船只多从下游运来淮盐，布匹，花纱，以及川黔边区所需的洋广杂货。川黔边境由旱路运来的朱砂，水银，苎麻，五倍子，莫不在此交货转载。木材浮江而下时，常常半个河面皆是那种大木筏。本地市面则出炮仗，出印花布，出肥人，出肥猪。河面既异常宽平，码头又特别干净整齐，虽从那些大商号里，寺庙里，都可见出这个商埠在日趋于衰颓，然而一个旅行者来到此地时，一切规模总仍然可得到一个极其动人的印象！街市尽头河下游为一长潭，河上游为一小滩，每当黄昏薄暮，落日沉入大地，天上暮云为落日余晖所烘炙，剩余一片深紫时，大帮货船从上而下，摇船人泊船近岸，在充满了薄雾的河面，浮荡的催橹歌声，又正是一种如何壮丽稀有的歌声！

　　如今小船到了这个地方后，看看沿河各码头，早已破烂不堪。小船泊定的一个码头，一共有十二只船，除了有一只船载运了方柱形毛铁，一只船载辰溪烟煤，正在那里发签起货外，其他船只似乎已停泊了多日，无货可载。有七只船还在小桅上或竹篙上，悬了一个用竹缆编成的圆圈，作为"此船出卖"的标志。

　　小船上掌舵水手同拦头水手全上岸去了，只留下小水手守船。我想乘天气还不曾断黑,到长街上去看看这一切衰败了的地方,是不是商店中还能有个把肥胖子。一到街口却碰着了那两个水手,正同个骨瘦如柴的长人在一个商店门前相骂。问问旁人是什么事情,方知道这长子原来是个屠户,争吵的原因只是对于所买的货物分量轻重有所争持。看到他们那么气急败坏大声吵骂无个了结,我就不再走过去了。

下船时,我一个人坐在那小小船只空舱里让黄昏来临,心中只想着一件古怪事情:

"浦市地方屠户也那么瘦了,是谁的责任?希望到这个地面上,还有一群精悍结实的青年,来驾驭钢铁征服自然,这责任应当归谁?"一时自然不会得到任何结论。

选自《湘行散记》,开明书店一九四六年十月版

一个爱惜鼻子的朋友

民国十年[①]，湘西统治者陈渠珍，受了点"五四"余波的影响，并对于联省自治抱了幻想，在保靖地方办了个湘西十三县联合中学校，教师全是由长沙聘请来的，经费由各县分摊，学生由各县选送。那学校位置在城外一个小小山丘上，清澈透明的酉水，在西边绕山脚流去，滩声入耳，使人神气壮旺。对河有一带长岭，名野猪坡，高约七八里，局势雄强。（翻岭有条官路可通永顺。）岭上土地、丛林与洞穴，为烧山种田人同野兽大蛇所割据。一到晚上，虎豹就傍近种山田的人家来吃小猪，从小猪锐声叫喊里，还可知道虎豹跑去的方向。（这大虫有时白天"昂"的一吼，夹河两岸山谷回声必响应许久。）种田人也常常拿了刀叉火器，以及种种家伙，往树林山

[①] 民国十年：即1921年。

第三章 那些可爱的人

洞中去寻觅，用绳网捕捉大蛇，用毒烟熏取野兽。岭上最多的是野猪，喜欢偷吃山田中的包谷和白薯，为山中人真正的仇敌。正因为对付这个无限制的损害农作物的仇敌，岭上打锣击鼓猎野猪的事，也就成为一种常有的工作，一种常有的游戏了。学校前面有个大操场，后边同左侧皆为荒坟同林莽，白日里野狗成群结队在林莽中游行，或各自蹲坐在荒坟头上眺望野景，见人不惊不惧。天阴月黑的夜里，这畜生就把鼻子贴着地面长嗥，招呼同伴，掘挖新坟，争夺死尸咀嚼。与学校小山丘遥遥相对，相去不到半里路另一山丘中凹地，是当地驻军的修械厂，机轮轧轧声音终日不息，试枪处每天可听到机关枪、迫击炮响声。新校舍的建筑，因为由军人监工，所有课堂宿舍的形式与布置，同营房差不多。学生所过的日子，也就有些同军营相近。学校中当差的用两班徒手兵士，校门守卫的用一排武装兵士，管厨房宿舍的全由部中军佐调用。在这种环境中陶冶的青年学生，将来的命运，不能够如一般中学生那么平安平凡，一看也就显然明白了。

当时那些青年中学生，除了星期日例假，可以到城里城外一条正街和小街上买点东西，或爬山下水玩玩，此外就不许无故外出。不读书时他们就在大操场里踢踢球，这游戏新鲜而且活泼，倒很适宜于一群野性中学生。过不久，这游戏且成为一种有传染性的风气，使军部里一些青年官佐也受传染影响了。学生虽不能出门，青年官佐却随时可以来校中赛球。大

181

家又不需要什么规则，只是把一个球各处乱踢，因此参加的人也毫无限制。我那时节在营上并无固定职务，正寄食于一个表兄弟处，白日里常随同号兵过河边去吹号，晚上就蜷伏在军装处一堆旧棉军服上睡觉。有一次被人邀去学校踢球，跟着那些青年学生吼吼嚷嚷满场子奔跑，他们上课去了，我还一个人那么玩下去。学校初办，四周还无围墙，只用有刺铁丝网拦住，什么人把球踢出了界外时，得请野地里看牛牧羊人把球抛过来，不然就得出校门绕路去拾球。自从我一作了这个学校踢球的清客后，爬铁丝网拾球的事便派归给我。我很高兴当着他们面前来做这件事，事虽并不怎么困难，不过那些学生却怕处罚，不敢如此放肆，我的行为于是成为英雄行为了。我因此认识了许多朋友。

朋友中有三个同乡，一个姓杨，本城高枧乡下地主的独生子。一个姓韩，我的旧上司的儿子（就是辰州府总爷巷第一支队司令部留守部那个派我每天钓蛤蟆下酒的老军官的儿子）。一个姓印，眼睛有点近视。他的父亲曾作过军部参谋长，因此在学校他俨然是个自由人。前两个人都很用心读书，姓印的可算得是个球迷。任何人邀他踢球，他必高兴奉陪，球离他不管多远，他总得赶去踢那么一脚。每到星期天，军营中有人往沿河下游四里的教练营大操场同学兵玩球时，这个人也必参加热闹。大操场里极多牛粪，有一次同人争球，见牛粪也拼命一脚踢去，弄得另一个人全身一塌糊涂。这朋友眼睛不能辨

第三章 那些可爱的人

别面前的皮球同牛粪,心地可雪亮透明。体力身材皆不如人,倒有个很好的脑子。玩虽玩得厉害,应月考时各种功课皆有极好成绩。性情诙谐而快乐,并且富于应变之才,因此全校一切正当活动少不了他,大家都亲昵的称呼他为"印瞎子",承认他的聪明,同时也断定他会"短命"。

每到有人说他寿命不永时,他便指定自己的鼻子:"大爷,别损我。我有这条鼻子,活到八十八,也无灾无难!"

有一次,几个人在一株大树下言志,讨论到各人将来的事业。姓杨的想办团防,因为作了团总就可以不受人敲诈,倒真是个地主的好打算。姓韩的想作副官长,原因是他爸爸也作过副官长,所谓承先人之业是也。还有想管"常平仓"的,想作县公署第一科长的,想作苗守备官下苗乡去称王作霸的,以及想作徐良、黄天霸,身穿夜行衣,反手接飞镖,以便打富济贫的。

有人询问那个近视眼,想知道他将来准备作什么。

他伸手出去对那个发问人打了个响榧子,"不要小看我印瞎子,我不像你们那么无出息。我要做个伟人!说大话不算数,你们等着瞧吧。看相的王半仙夸奖我这条鼻子是一条龙,赵匡胤黄袍加身,不儿戏!"他说了他的抱负后,转脸向我,用手指着他自己那条鼻子,有点众人不识英雄的神气,"大爷,你瞧,你说老实话,像我这样一条鼻子,送过当铺去,不是也可以当个一千八百吗?"

我忙笑着说:"值得值得!"但因为想起另外一件事,不由得大笑起来了。

另一时他同我过渡,预备往野猪坡大岭上去看乡下人新捕获的大豹子,手中无钱,不能给撑渡船的钱。船快拢岸时他就那么说:"划船的,伍子胥落难的故事,你明白不明白?"

撑渡船的就说:"我明白!"

"你明白很好。你认准我这条鼻子,将来有你的好处。"

那弄船的好像知道是什么事了,却也指着自己鼻子说:"少爷,不带钱不要紧,你也认清我这鼻子!"

"我认得,我认得,不会忘记。这是朱砂鼻子,按相书说主酒食,你一天能喝多少?我下次同你来喝个大醉吧。"

弄船的大约也很得意自己那条鼻子,听人提到它便很妩媚的微笑了。那鼻子,简直透红得像条刚从饭锅里捞出的香肠!

…………

至于我当时的志向呢,因为就过去经验说来,我只能各处流转接受个人应得的一份命运,既无事业可作,还能希望什么好生活。不过我很明白"时间"这个东西十分古怪。一切人一切事都会在时间下被改变,当前的安排也许不大对,有了小小错处,不大合理,我很愿意尽一份时间来把世界同世界上的人改造一下看看。我并不计划作苗官,又不能从鼻子眼睛上什么特点增加多少自信。我不看重鼻子，不相信命运，不承认目前形势，却尊敬时间。我不大在生活上的得失关心，却了然时间对这个世界同我个人的严重意义。我愿意好好的结结实实的来做一个人，可说不出将来我要做个什么样的人。因此一来，我当时也就算不得是个有志气的人。

民国十三年①川军熊克武率领二十万大军从湘西过境，保靖地方发生了一场混战，各种主要建设全受军事影响毁掉了，那个学校在我们撤退时也被一把火烧尽了。学生各自散走后，有的成了小学教员，有的从了军，有几个还干脆作了土匪，占山落草称大王，把家中童养媳接上山去圆亲充押寨夫人。我那时已到北京，从家信中得来一点点关于他们的消息，认为很自然也很有意思。时间正在改造一切，尽强健的爬起，尽懦怯的灭亡。我在这一分岁月中，变动得比那些小同乡还更厉害，他们做的事我毫不出奇，毫不惊讶。

到了民国十六年②，革命军北伐攻下武汉后，两湖方面党的势力无处不被浸入。小县小城无不建立了党的组织，当地小学教员照例十分积极成为党的中坚分子。烧木偶，除迷信，领导小学生开会游行，对本地土豪劣绅刻薄商人主张严加惩罚，打庙里菩萨破除迷信，便是小县城党部重要工作。当地

---

① 民国十三年：即1924年。
② 民国十六年：即1927年。

防军头目同县知事，处处事事受党的挟制，虽有实力却不敢随便说话。那个姓杨的同姓韩的朋友，适在本县作小学教员。两人在这个小小县城里，居然燃烧了自己的血液，在这一种莫名其妙的情形中，成了党的台柱。加上了个姓刘的特派员的支持，一切事都毫无顾忌，放手做去。工作的狂热，代为证明他们对这个问题认识得还如何天真。必然的变化来了，各处清党运动相继而起。军事领袖得到了惩罚活动分子的密令，十分客气把两个人从课室中请去县里开会，刚到会场就宣布省里指示，剥了他们的衣服，派一排兵士簇拥出西门城外砍了。

那个近视眼朋友，北伐军刚到湖南，就入长沙党务学校受训练，到北伐军奠定武汉，长江下游军事也渐渐得手时，他也成为毛委员的小助手，身穿了一件破烂军服，每日跟随着委员各处跑，日子过得充满了狂热与兴奋。他当真有意识在做候补"伟人"了。这朋友从卅×军政治部一个同乡处，知道我还困守在北京城，只是白日做梦，想用一支笔奋斗下去，打出个天下，就写了个信给我：

大爷，你真是条好汉！可是做好汉也有许多地方许多事业等着你，为什么尽捏紧那支笔？你记不记得起老朋友那条鼻子？不要再在北京城写什么小说，世界上已没有人再想看你那种小说了。到武汉

第三章　那些可爱的人

来找老朋友,看看老朋友怎么过日子吧!你放心,想唱戏,一来就有你戏唱。从前我用脚踢牛屎,现在一切不同了,我可以踢许多许多东西了。……

他一定料想不到,这一封信就差点儿把我踢入北京城的监狱里。收到这信后我被查公寓的宪警麻烦了四五次,询问了许多蠢话,抖气把那封信烧了。我当时信也不回他一个。我心想:"你不妨依旧相信你那条鼻子,我也不妨仍然迷信我这一只手,等等看,过两年再说吧。"不久宁汉左右分裂,清党事起,万千青年人就从此失了踪,不知道往什么地方去了。我在武汉一些好朋友,如顾千里、张采真……也从此在人间消失了。这个朋友的消息自然再也得不到了。

……………

我听许多人说及北伐时代两湖青年对革命的狂热。我对于政治缺少应有理解,也并无有兴味,然而对于这种民族的狂热感情却怀着敬重与惊奇。这究竟是怎么回事?我愿意多知道一点点。估计到这种狂热虽用人血洗过了,被时间漂过了,现在回去看看,大致已看不出什么痕迹了。然而我还以为即或"人性善忘",也许从一些人的欢乐或恐怖印象里,多多少少还可以发现一点对我说来还可说是极新的东西。回湖南时,因此抱了一种希望。

在长沙有五个同乡青年学生来找我,在常德时我又见着

187

七个同乡青年学生。一谈话就知道这些人一面正被"杀人屠户"提倡的读经打拳政策所困惑，不知如何是好，一面且受几年来国内各种大报小报文坛消息所欺骗，都成了颓废不振萎琐庸俗的人物。一见我别的不说，就提出四十多个"文坛消息"要我代为证明真伪。都不打算到本身能为社会做什么，愿为社会做什么。对生存既毫无信仰，却对于三五稍稍知名或善于卖弄招摇的作家那么发生浓厚兴味。且皆想做"诗人"，随随便便写两首诗，以为就是一条出路。从这些人推测将来这个地方的命运，我俨然洞烛着这地方从人的心灵到每一件小事的糜烂与腐蚀。这些青年皆患精神上的营养不足，皆成了绵羊，皆怕鬼信神。一句话，皆完了。……

过辰州时几个青年军官燃起了我另外一种希望。从他们的个别谈话中，我得到许多可贵的见识。他们没有信仰，更没有幻想，最缺少的还是那个精神方面的快乐。当前严重的事实紧紧束缚他们，军费不足，地方经济枯竭，环境尤其恶劣。他们明白自己在腐烂，分解，于我面前就毫不掩饰个人的苦闷。他们明白一切，却无力解决一切。然而他们的身体都很康健，那种本身覆灭的忧虑，会迫得他们去振作。他们虽无幻想，也许会在无路可走时接受一个幻想的指导。他们因为已明白习惯的统治方式要不得，机会若许可他们向前，这些人界于生存与灭亡之间，必知有所选择！不过这些人平时也看报看杂志，因此到时他们也会自杀，以为一切毫无希望，用颓废身心的狂嫖滥赌而自杀!……

我的旅行到了离终点还有一天路程的塔伏,住在一家桥头小客店里。洗了脚,天还未黑。店主人正告给我当地有多少人家,多少烟馆。忽然听得桥东人声嘈杂,小队人马过后,接着是一乘京式三顶拐轿子。一行人等停顿在另外一家客店门前。我知道大约是什么委员,心中就希望这委员是个熟人,可以在这荒寒小地方谈谈。我正想派随从虎雏去问问委员是谁。料不到那个人一下轿,脸还不洗,就走来了。一个匣子炮护兵指定我说:"您姓沈吗?局长来了!"我看到一个高个子瘦人,脸上精神饱满,戴了副玳瑁边近视眼镜,站在我面前,伸出两只瘦手来表示要握手的意思。我还不及开口,他就嚷着说:

"大爷,你不认识我,你一定不认识我,你看这个!"他指着鼻子哈哈大笑起来。

"你不是印瞎子?"

"大爷,印瞎子是我!"

我认识那条体面鼻子,原来真是他!我高兴极了。问起来我才明白他现在是乌宿地方的百货捐局长,这时节正押解捐款回城。未到这里以前,先已得到侦探报告,知道有个从北方来姓沈的人在前面,他就断定是我。一见当真是我,他的高兴可想而知。

我们一直谈到吃晚饭,饭后他说我们可以谈一个晚上,派护兵把他宝贵的烟具拿来。装置烟具的提篮异常精致，真可以说是件贵重美术品。烟具陈列妥当后，因为我对于烟具的赞美，他就告我这些东西的来源，那两支烟枪是贵州省主席李晓炎的，烟灯是川军将领汤子模的，烟匣是黔省军长王文华的，打火石是云南鸡足山……原来就是这些小东西，都各有出处，也各有历史或艺术价值，也是古董。至于提篮呢，还是贵州省一个烟帮首领特别定做送给局长的，试翻转篮底一看，原来还很精巧的织得有几个字！问他为什么会玩这个，他就老老实实的说明，北伐以后他对于鼻子的信仰已失去，因为吸这个，方不至于被人认为那个，胡乱捉去那个这个的。说时他把一只手比拟在他自己颈项上，做出个咔嚓一刀的姿势，且摇头否认这个解决方法。他说他不是阿Q，不欢喜这种"热闹"。

我们于是在这一套名贵烟具旁谈了一整晚话，当真好像读了另外一本《天方夜谭》，一夜之间使我增长了许多知识，这些知识可谓稀有少见。

此后把话讨论到他身上那件玄狐袍子的价钱时，他甩起长袍一角，用手抚摸着那美丽皮毛说：

"大爷，这值三百六十块袁头，好得很！人家说：'瞎子，瞎子，你年纪还不到三十岁，穿这样厚狐皮会烧坏你那把骨头。'好吧，烧得坏就让他烧坏吧。我这性命横顺是捡来的，不穿不吃作什么。能多活三十年，这三十年也算是我多

第三章 那些可爱的人

赚的。"

我把这次旅行观察所得同他谈及,问他是不是也感觉到一种风雨欲来的预兆。而且问他既然明白当前的一切,对于那个明日必须如何安排?他就说军队里混不是个办法,占山落草也不是出路。他想写小说,想戒了烟,把这套有历史的宝贝烟具送给中央博物院,再跟我过上海混,同茅盾老舍抢一下命运。他说他对于脑子还有点把握,只是对于自己那只手,倒有点怀疑,因为六年来除了举起烟枪对准火口,小楷字也不写一张了。

天亮后大家预备一同动身,我约他到城里时邀两个朋友过姓杨姓韩的坟上看看。他仿佛吃了一惊,赶忙退后一步:"大爷,你以为我戒了烟吗?家中老婆不许我戒烟。你真是……从京里来的人,简直是个京派。什么都不明白。入境问俗,你真是……"我明白他的意思。估计他到城里,也不敢独自来找我。我住在故乡三天,这个很可爱的朋友,果然不再同我见面。

…………

二十九年[①]一月二十一日校后二节。黄昏,天空淡白,山树如黛。微风摇尤加利树,如有所悟。

---

① 二十九年:即1940年。

五月八日校正数处。脚甚肿痛,天闷热。

十月一日在昆明重校。时市区大轰炸,毁屋数百栋。

选自《湘行散记》,开明书店一九四六年十月版

第四章 念念故人情

我觉得佩弦先生性格最特别处,是拙诚中的妩媚,即调和那点『外润而内贞』形成的趣味和爱好。

文学作家中的胖子

记得几年前,曾有人作过一篇文章,提起一个很有趣味的问题:法国作家有很多胖子。那文章虽不曾说出作家其所以发胖的原因,可是我们若明白法国是出产好酒的国家,大多数法国人每天用饭时都得喝一杯葡萄酒,便是侍候上帝的牧师,料理家务的主妇,以及十岁左右的小孩子,也有用酒当作饮料的习惯,哺糟啜醨的结果,当然血脉宽舒,脂肪积累,因此随意走到什么作家团体里去,或翻开插图本的文学史,到处发现胖子,也就不怎么希奇了。

可是古怪,当前中国的作家,竟也有好一群这种人物。按照中国情形,这些可敬可爱的作家,他们的工作,他们的起居生活,都不应当那么很早就发福的,能够这样一定各有它的原因。我这篇小文,注重在向读者说一说我所知道作家中那种各有个性的胖处。个人交游极少,所知不多,所以不全不备,势不可免。至于那个内在的原因,还想暂时保留,且待另外一时再谈。

一个发福的人在你面前站定或走过身时,那相貌富富态态,走路四平八稳,不由得你不联想起三十年前的"候补道",二十年前的"国会议员",以及当前的"洋行买办"。所不同的是:你若知道他是一个作家时,照例会给你一点轻微的压迫,同时也带来一点轻快的幽默。他即或不大欢喜你,你可无理由不欢喜他。我这小文也就在这种情绪中写成的,措词间或有些地方不很庄重得罪朋友处,倒希望这小文另外一部分给它的愉快处能够抵补。

"中国作家和法国作家相同——同样的胖。"

写到上面的徘句,我们就方便不妨先来试数一数研究法国文学的人物,有哪几位是胖子。赵少侯、李青崖两教授,体魄健壮是许多大学生所习知的。我们都知道李青崖先生翻译了法国作家莫泊桑的全集,可不知欢喜法朗士①作品的赵少侯先生,却翻译了莫泊桑或大仲马的相貌。李健吾先生是研究法国福楼拜的专家,本是个白面书生,在北平初期话剧运动中,还上台乔装过新派女人。自从出国又回国后,对于法国文字的嗜好不足为奇,对于法国作家的身体也似乎存心摹仿,一面

---

① 法朗士:即阿纳托尔·法朗士(1844—1924),法国作家、文学评论家、社会活动家,于1921年获诺贝尔文学奖。

准备译福楼拜的《情感教育》，一面不知不觉就胖起来了。此外还有个马宗融先生，目前的成就，似乎"物质"多于"精神"，将来的成就，大约也是将在文学上和品貌上平分其收获的。还有个叶麐先生，如果他愿意放下了那个"吟成一个字，拈断数茎髭"的苦吟工作，不耗损体力于填词作赋，一定的，两年内就会"转变"成为一个规模可观的人物。穆木天先生也是胖子，不过那派头却近于日本款式。正相反，高滔先生治的虽是英文，头发却是法国派。

有人在某种刊物上说：北大教授梁实秋先生像个"老板"；以为教书神气像，划拳神气更像。穿的衣服本来和别人用的材料差不多，到他身上好像就光亮不同；说的话本来和别人是同一问题，到他口上好像就意义不同。这种描写当然不大确实。梁先生原籍虽是浙江，其实北京人的成分倒比较重。饮酒食肉的洪量不必说，只看看他译莎氏比亚[①]可以知道。北方人照例是爽直而坦白的，梁先生译莎氏比亚戏剧用的就是这种可爱态度。因为剧本是韵文，不易译，译来又不易懂，梁先生就爽直坦白的用普通语体文译它。此外论诗也仿佛是一个北京人，"明白易懂"是他认为理想的好诗。

新月社有两位胖子作家，其一是梁实秋先生，另一位是潘光旦先生。我们为认识方便起见，如把胖子略加分类，不以

[①] 莎氏比亚：今译作"莎士比亚"，英国文艺复兴时期剧作家、诗人。

为亵渎,潘光旦先生似乎宜与《天问》作者陈铨先生放在一处。两人一眼看去都有流线型意味,所谓"拉飞尔[①]画派"的人物,好像上帝有意用圆规打样作成的。一个有眼睛的雕塑家对之必特别关心,因为这种类似雕塑品,毫无可疑,是近代化的主妇小宝宝卧房中最理想的恩物,幼稚园健身室最美丽的装饰品。陈先生治德国文学极认真,写小说极天真,因此小说也特别宜于天真一点的人读。

过去一时好像有一个青年女子,曾把赵景深先生认作李青崖先生的亲属,小小误会留下一段佳话。因为两人本有一个共通点,都胖。两人年龄一眼看去又约略相差二十来岁,在一个很多情的青年女子眼中,小误会也极其自然!其实赵先生和那一位声明"文坛下野"的作家曾今可先生,某一时倒像一对孪生兄弟。身材风度都差不多,书纵读得再多,书卷气是隐伏的,不外露的。做人诚实而温和,面貌向人保证"有话很好商量"的神气。据相书说这种人是主衣禄,有酒食,而且能得贤"内助"的。不幸近代人已失去了相书的信仰,择业各凭兴趣和机会,因此赵先生不能成为金融界巨子,却作了北新书局的总编辑。

我们通常觉得富于感情的文人,必然是身个儿瘦瘦的,脸子白白的,这种不正确的想象被我现在所引的例子全毁了。凡读过《青的花》的女孩子,会以为章靳以先生既是个温存

[①] 拉飞尔:今译作"拉斐尔",意大利著名画家。

第四章　念念故人情

而善怀的人，必然脆弱衰老，一天默默的低头坐在书桌边，一切人生趣味都淡淡的。事实上这人却是个挺漂亮的小胖子，皮肤红，眼睛光，肩背圆，最容易给人好感的。

在鲁迅先生的笔锋下，有个作家被形容得很深刻，留在一般人印象中，他那一只皮包和身体全是胖胖的。这是张资平先生。这种日本款式的胖子，其实另外还有两个人：其一是自己写的小说并不怎么多，却写过一本《小说作法讲义》，自己并不常写诗，却写过一本《新诗作法讲义》的孙俍工先生；其一是教新闻学，编日本文学史的谢六逸先生。

《中学生》的编辑叶绍钧先生，年来也渐渐的发了福，大约再过两三年就可以和他的亲家夏丏尊先生对照了。两人身体壮健程度日益相近，两人共同编辑的书籍，意见或者也更容易接近了。作编辑的事业若不过忙，原本就容易变成胖子。不过也有例外。"良友文学丛书"的编辑赵家璧先生，虽然事务极忙，并且每礼拜还得坐火车来回向松江跑，似乎只因为办事处太邻近酒馆茶室，居然也渐渐成了小胖子。

有个作家照身分说仿佛应当是挺拔清癯而雅洁的，我说的是唱曲、作曲、教曲的卢冀野先生。卢先生的事功和体气有点显得矛盾，显得不相称。在去真茹大西路等等公共汽车上，我们若见到一个脸红红的二号胖子，挟着一个收房租人的公事包，见他忽然从那皮包里掏出一个文件，低头轻轻的哼起来时，尽管大胆冒昧叫他一声"卢先生"，准没有错。卢先生的珍本书藏在皮包里，专门知识潜伏在皮肤里。

朋友某君自以为善于猜谜射覆，能从各方面知道一个不曾见过面的人性情相貌，到我住处谈天，说起许多作家的故事。我身边恰有一本《苦果》，我就要他估想这书作者是个什么样子的人物。他看了看那本书面《苦果》两个字，皱了眉儿不说话，到后却说："这容易看，一定和《赵子曰》作者老舍面貌不同！"我说："这倒被你说中了，只是太笼统了一点。你且先说一说老舍是个什么样子。"这朋友就为我开了一张老舍的相貌表："中等胖子，嘴儿不大不小。穿一身半新不旧的洋服，戴一副黑胶边近视眼镜。料理家务极精明，各事弄得有条有理。做事很负责，欢喜看点艺术杂志。向人说话时循循儒雅，异常厚道，并不怎么幽默；但嘴角眼梢，却依稀流露出一点幽默味儿。能喝一杯，却不常划拳。"我又要他描写一下《苦果》作者罗皑岚先生的样子，于是他又为我画了一张罗先生的速写相。末了教我好笑，因为所说的真是恰到好处，但必须两人把姓名书名对调。原来朋友理想中的老舍，恰是事实上的罗皑岚。

剧戏家似乎和许多事业家差不多，领袖群伦大多数是个胖子。久住北方的熊佛西先生，公开讲演比他的演剧次数多，每次讲演时，相貌神气，给人的印象，又比所讲的问题深刻。那理由，就是他胖得古怪。洪深先生是高而大的胖子，精力绝伦，所以几年来各处教书，上海、青岛、广东全跑到了，编制或导演电影，一年可成六部。这成绩在中国似乎不足为奇，若比之于美国的卓别麟[①]辈，三年五年方完成一部作品，就显得令人可惊了。欧阳予倩先生，串演平剧时代，风标隽美，夙有南方梅兰芳之名。年来梅兰芳已发胖，欧阳先生依然可称为南方梅兰芳，不过不常演戏罢了。余上沅先生，自从一到南京作戏剧专门学校校长后，宴会（不得已的应酬）时间或较多于编戏演戏时间，平时身体既好，酒量也好，如此一来，"理论"上已经是一个胖子。在中旅剧团担任一时导演的陈绵先生，据说为这种导演事，自己很花了些钱，其为艺术尽力处，虽瘦了荷包，我们知道许多瘦了荷包的事，精神上某部分是应当胖了一些的。

我们都知道"伟大"在文学家可作两种解释，前者邻于肥壮，后者指其文学成就之不可及。李长之先生在昔曾称杨丙辰先生为"伟大"，人无间言；不过李先生意思当然是用第二种解释，一般人留下的印象，大约却是第一种伟大！见仁见智，各有不同，异途同归，伟大则一也。

有个作家在许多人心目中都认为应当是个胖子，这作家就是老舍先生。老舍是不相识者理想中的胖子，丁玲却是女作家中事实上的胖子。

十二月四日

原载于一九三七年一月一日《宇宙风》第三十二期新年特刊

[①] 卓别麟：今译作"卓别林"，英国影视演员、导演、编剧。

孙大雨

十九世纪末年，煤烟遮隔了人与上帝的关系，艺术家把服侍上帝的虔诚，转而来阿谀人类中的自己。雕刻家如 Auguste Rodin[①]，画家如 Paul Cézanne[②] 以及许多许多人，莫不把宇宙中使自己眩目发呆那点体积与颜色，忠实而又大胆的制成作品。一切作品皆带了离经叛道的精神，失去了宗教情绪所培养的温润，柔和，而注入人的气息——原始人的野蛮朴素精悍雄强的气息！作风为多力，狂放，骄傲，天真。经院派的艺术批评家诅咒虽多，这些诅咒终于由大学校到街头，由街头到教堂阴暗的角隅里，消灭了。人对神虽渐遗忘，却在沉默

---

① Auguste Rodin：奥古斯特·罗丹（1840—1917），法国雕塑艺术家。
② Paul Cézanne：保罗·塞尚（1839—1906），法国后印象主义画派画家，被称为"现代绘画之父"。

第四章 念念故人情

中认识了这世界人类的嗜好。

"无论如何这不是一件坏事情。这人类，能从煤黑油中提取香料，从无价值中找出价值，从丑恶中发现美，所有的行为，皆似乎值得注意！"那个高高在上的神一定曾经那么打算过。

上帝似乎也在模仿人类的行为，故把这人也变得更像一个人。于是他就造了一个孙大雨。十分草率的外表，粗粗一看，恰恰只是一个人的坯子。大手，大脚，还在硕长俊伟的躯干上，安置了一个大而宽平松散的脸盘。处处皆待琢磨，皆待修正。然而这个毛坯子似的人形，却容纳了一个如何完整的人格，与一个如何纯美坚实的灵魂！也多力，狂放，骄傲，天真。倘若面对着这样一个人，让两者之间在一种坦白放肆谈话里，使心与心彼此对流，我们所发现的，将是一颗如何浸透了不可言说的美丽的心！

中国士大夫对于艺术的观念，有他东方一贯的定型。吓怕鬼魔的意识，潜伏到每一个人的血液里，推而至于艺术，巨大惊人的制作，不是谥为疯狂便视为外道。轻便而易于携带的小小鼻烟壶，象牙牌儿，哈叭狗，百灵鸟，以及精巧玲珑的什物，皆为上等人不可分离的弄具。对于人，则白脸长身"小生"一般的人物，温顺，中庸，办事稳重，应对伶俐，圆滑如球，在社会上必处处占到上风。人既生在这种国家里，因此我们自然就会常常听人说到，"大雨吗？……"这是一个独立字眼儿,话中埋伏了点嘲诮,不同意神气镶在嘴角微笑里。这不足为奇,因为这些人平素就是怕鬼魔,怕高山,怕刮风,怕打雷的人。一个有脾气有派头的人,在他们面前原也就是一种恐怖。大雨为人直率处,与为人不能同懦弱和虚伪谋妥协处,使他们感情上皆极容易患重伤风。大雨不能从这些人方面得到好的友谊和理解,大雨自己口上说不明白,心里却明白的。

然而人世中也仍然不缺少把诚实与骄傲,华丽与魄力,看作一种难得的德性,对于这种德性加以敬视加以颂扬的人。死去受人误解的志摩,活着受人误解的宗岱,便是这种人。即或这种人是少数中的少数,有了他,就好了。毫无可疑,这是培养诗人活力的一种人。没有他,大雨也许早就绝望自杀了。没有他,也许大雨自出生到如今的历史,记载或当不同一些。

这少数中的少数朋友,在另一时,对于大雨精力消费的用途,常常成为极担心的问题。对于他在课堂上与大学生的舌战,在大街上与行路人的作战,在……无一不感觉到忧虑。

  水得归到海里,青年人的热情得归纳到一个女人的爱情里。

较熟的朋友,皆明白大雨那点充满了入世应战求生的精力，单用一篇五百行的长诗，是不能够排遣的。那首放光眩目的长诗，不过把这个诗人的精力排遣去一小部分罢了。使大雨柔和一点，让"秩序""静"，与那一点"理性的反省""幽默"，在大雨生活中占有一个位置，皆得尽他那张吟诗的口与那只写诗的手，另外找到一种用处。倘若有个女人，健康，美丽，年青，而同时又还能在这个有脾气有派头的巨人身边理解大雨爱大雨，那么，"大雨吗？……"那个字眼儿就不会在另外一些乡愿绅士间口中存在了。

可是，"女人中有敢爱大雨的人吗？"想想看，这个难题使朋友皱眉了。这世界尽有把自己生活作一孤注来押在婚姻上的大胆女人。这种女人也并不缺少一个完美生物的一切长处。上帝造她时并不忘掉他应有的手续，第一使她美丽，第二使她聪明，第三使她同情身边那个男子的行为。上帝已尽了他应尽的责任，至于"德行"，那附属在人与人生活上随了风气时时刻刻在那里转移的东西，已不是造人者的责任！……也许就正是这样东西的缺少，大雨对于这种女子也曾做过"逃脱"的行为。这悲剧增加了朋友的同情，同时也增加了半生不熟人的嘲弄。连同大雨那点爱舒服，会享受，喜买好书的脾味，大雨在一些人眼目中，便很自然的被称为"唯美派"。俨然除了美这个人就毫无所知。这是很确实的事，大雨比许多人认识"美"，许多人却比他明白"世故"。

一个 Henri Matisse[①] and Vincent van Gogh[②] 的模仿者,想从大雨口中得到两句称赞的话语,可大不容易。但一个具有能欣赏他们作品的人,不为那点粗野华丽颜色所惊讶辟易,却有胆量同这类作品接近,同时自己又是个上帝手中"手续完备"的生物,那么,那于她,大雨怎么样?

如今朋友们所担心的是另外一件事了。"一切水皆得归到海里,到了海里,平静了,那点惊心动魄的波涛的起伏,就不再见了。大雨的那首诗,恐怕也永无完成的机会了。"一个不可说明的感觉,也间或在朋友间心上掠过,"大雨那首诗,难道就结束了吗?"这感觉大雨一定能明白不是"幸灾乐祸"。

原载于一九三四年七月五日《人间世》第七期

---

① Henri Matisse:亨利·马蒂斯(1869—1954),法国著名画家、雕塑家、版画家,野兽派创始人。
② Vincent van Gogh:文森特·梵高(1853—1890),荷兰后印象派画家。

三年前①的十一月二十二日

　　六点钟时天已大亮，由青岛过济南的火车，带了一身湿雾骨碌骨碌跑去。从开车起始到这时节已整八点钟，我皆光着两只眼睛。三等车车厢中的一切全被我看到了，多少脸上刻着关外风雪记号的农民！我只不曾见到我自己，却知道我自己脸色一定十分难看。我默默地注意一切乘客，想估计是不是有一个学生模样的年轻人，认识徐志摩，知道徐志摩。我想把一个新闻告给他，徐志摩死了，就是那个给青年人以蓬蓬勃勃生气的徐志摩死了。我要找寻这样一个人说说话，一个没有，一个没有。

　　我想起他《火车擒住轨》那一首诗。

---

① 三年前：指1931年。

火车擒住轨,在黑夜里奔:
过山,过水,过陈死人的坟;
过桥,听钢骨牛喘似的叫,
过荒野,过门户破烂的庙;
…………
睁大了眼,什么事都看分明,
但自己又何尝能支使命运?

这里那里还正有无数火车的长列在寒风里奔驰,写诗的人已在云雾里全身带着火焰离开了这个人间,想到这件事情时,我望着车厢中的小孩、妇人、大兵,以及吊着长长的脖子打盹、作成缢毙姿势的人物。从衣着上看,这是个佃农管事。

当我动手把车窗推上时,一阵寒风冲醒了身旁一个瘦瘪瘪的汉子,睡眼迷蒙的向窗口一望,就说"到济南还得两点钟"。说完时看了我一眼,好像知道我为什么推开这窗子吵醒了他,接着把窗口拉下,即刻又吊着颈脖睡去了。去济南的确还得两点钟!我不好意思再惊醒他了,就把那个为车中空气凝结了薄冰的车窗,抹了一阵,现出一小片透明处。望到济南附近的田地,远近皆流动着一层乳白色薄雾。黑色或茶色土壤上,各装点了细小深绿的麦秧。一切是那么不可形容的温柔,不可形容的美!我心想:为什么我会坐在这车上?为什么一个人忽然会死?我心中涌起了一种古怪的感情,我不相

第四章　念念故人情

信这个人会死。我计算了一下，这一年还剩余两个月，十个月内我死了四个最熟的朋友。生死虽说是大事，同时也就可以说是平常事。死了，倒下了，瘪了，烂了，便完事了。倘若这些人死去值得纪念，纪念的方法应当不是眼泪，不是仪式，不是言语。××[1]是在武昌被人牵至欢迎劳苦功高的什么人彩牌楼下斩首的，振先[2]是在那个永远使读书人神往倾心的"桃源洞"前被捷克制自动步枪打死的，××[3]是给人乱枪排了，与二十七个同伴一起躺到臭水沟里的，如今却轮到一个"想飞"的人，给在云雾里烧毁了。一切痛苦的记忆综合到我的心上，起了中和作用。我总觉得他们并不当真死去。多力的，强健的，有生气的，守住一个理想勇猛精进的，全给早早的死去了。却留下多少早就应当死去了的阉鸡、懦夫，与狡猾狐鬼，愚人妄人，在白日下吃、喝、听戏、说谎、开会、著书、批评攻击与打闹！想起生者，方使人悲哀！

落雨了，我把鼻子贴住玻璃。想起《车眺》那首诗。

八点左右火车已进了站，下了火车，坐上一辆洋车，尽那个看来十分忠厚的车夫，慢慢的拉我到齐鲁大学。在齐鲁大

---

[1] ××：指张采真，二十世纪二十年代初，作者住北京大学附近公寓时结识的朋友，于1930年被杀害。
[2] 振先：即满振先，作者早年于行伍间结识的同乡朋友，于1929年内战时被枪杀。
[3] ××：指胡也频，中国现代作家，于1931年被杀害。

学见到了朱经农,一问才知道北平也来了三个人,南京也来了两个人。算算时间,北来车已差不多要到了。我就又匆匆忙忙坐了车赶到津浦车站去,同他们会面。在候车室里见着了梁思成、张慰慈同张奚若。再一同过中国银行,去寻一个陈先生,这个陈先生便是照料志摩死后各事,前一天搁下了业务,带了人佚冒雨跑到飞机出事地点去,把志摩从飞机残烬中取出,加以洗涤,装殓,且伴同志摩遗体回到济南的。这个人在志摩生前还不与志摩认识。

见到了陈先生,且同时见到了从南京来的郭有守。我们正想弄明白出事地点在某处,预备同时前去看看。问飞机出事地点离济南多远,应坐什么车,方知道死者遗体昨天便已运到了济南,停在一个小庙里了。

那位陈先生报告了一切处置经过后,且说明他把志摩搬回济南的原因。

"我知道你们会来,我知道在飞机里那个样子太惨,所以我就眼看着他们佚子把烧焦的衣服脱去,把血污洗尽,把破碎的整理归一,包扎停当,装入棺里,设法运回济南来了……"

他话说的似乎比记下的还多了一些,说到山头的形势,去铁路的远近,山下铁路南有一个什么小村落,以及从村落中居民询问飞机出事时情形所得的种种。

那几天正值湿雾季,每天照例皆是雾。山峦、河流、人家,一概皆包裹在一种浓厚湿雾里。飞机去济南只差三十里,几分钟就应当落地。机师王姓本来是个济南人,对于济南地方原极熟习。飞机既已平安超越了泰山高岭,估计时间应当已快到济南,或者为寻觅路途,或者为寻觅机场,把飞机降低,于是訇的撞了山崖发了火。着了火后的飞机,翻滚到山脚下,等待这种火光引起村子里人注意,赶过来看火时,飞机各部分皆着了火,已燃烧成为一团火了。躺在火中的人呢,早完事了。两个飞机师皆已成为一段焦炭,志摩座位在后面一点,除了衣服着火皮肤有一部分灼伤外,其他地方并不着火。那天夜里落了小雨,因此又被雨淋了一夜。这件事直到第二天方为去失事地方较近的火车站站长知道,赶忙报告济南,济南派人来查验证明后,再分别拍电报告北平南京。济南方面陈先生过出事地点时,是二十的中午。棺柩运过济南时,是二十一的下午。当二十二我们到济南时,去出事时已经三天了。

　　我们一同过志摩停柩处去时,九点半钟,天正落小雨,地下泥滑滑的,那地方是个小庙,庙名似乎叫福缘庵。一进去小小院子里,满是济南人日常应用的陶器。这里是一堆钵头,那里有一堆瓦罐,正中有一堆大瓮同一堆粗碗,两廊又是一列一列长颈脖贮酒用的罄瓶。庙内房屋只一进三间,神座上与泥地上也无处不是陶器。原来这地方就是个售卖陶器的堆店。在庙中偏右神座下,停了一具棺材,两个缩头缩颈的本地人,正在那里烧香。

两个工人把棺盖挪开，各人皆看到那个破产的遗体了，互相低下头来无话可说。我们有什么可说？棺木里静静的躺着的志摩，戴了一顶红顶球绸纱小帽，露出一个掩盖不尽的额角，额角上一个大洞，这显然是他的致命伤。眼睛是微张的，他不愿意死！鼻子略略发肿。想来是火灼炙的。门牙已脱尽，与额角上那个大洞，皆为向前一撞的结果。这就是永远见得生气泼刺，永远不知道有敌人的志摩。这就是他？他是那么安静的一个人，躺到这个小而且破的古庙里，让一堆坛坛罐罐来包围，便是另外一时生龙活虎一般的志摩吗？他知道他在最后一刻，扮了一角什么样希奇角色！不嫌脏，不怕静，躺到这个地方受济南市土制香烟缭绕的门外是一条热闹街市，恰如他诗句中的"有市谣围抱"，真是一件想象不及的事情。他是个不讨厌世界的人，是一条热闹街市，他欢喜这世界上一切光与色。他欢喜各种热闹，现在却离开了这个热闹世界，向另一个寒冷沉默的虚无里去了。

各人皆在一分凄凉沉默里温习死者生前的声音与光彩，想说话皆说不出口。仿佛知道这件事得用他来出场了，于是一面把棺木盖挪拢一点，一面自言自语的说："死了，完了，你瞧他多安静。你难受，他不难受。"接着且告给我们飞机堕地的形式，与死者躺在机中的情形。以及手臂断折的部分，腿膝断折的部分，胁下肋条骨断折的部分。原来这人就是随同陈先生过出事地点装殓志摩的，志摩遗蜕的洗涤与整理皆由他一手处置。末了他且把一个小篮子里的一角残余的棉袍,一只泥泞透湿的袜子,送给我们看。据他说照情形算来,当飞机同山头一撞时,志摩大致即已死去,并不是撞伤后在痛苦中烧死的传闻,那是不会有的。

十一点听人说飞机骨架业已运到车站,转过车站去看飞机时,各处皆找不着,问车站中人也说不明白,因此又回头到福缘庵,在棺木前停下来约三个钟头。

一个在铁路局做事的朋友,把起运棺柩的篷车业已交涉停妥,上海来电又说下午五点志摩的儿子同他的亲戚张嘉铸可以赶到济南。上海来人若能及时赶到,棺柩就定于当天晚上十一点上车。

正当我们想过中国银行去找寻陈先生时,上海方面的来人赶到福缘庵。朱经农夫妇也来了。陈先生也来了。烧了些冥楮,各人谈了些关于志摩前几天离上海南京时的种种,天夜下来了。我们各人这时才记起已一整天还不曾吃饭的事情,方邀到一个馆子去吃饭。作东的是济南中国银行行长某先生。吃过了饭,另一方面起柩上车的来报告人伕业已准备完全,我同北平来的梁思成等急忙赶到车站上去等候,八点半钟棺柩上了车。这列车是十一点后方开行的。南行车上,伴了志摩回南的,有南京来的郭有守,上海来的张嘉铸同志摩的儿子。留下在济南,还预备第二天过飞机出事地点看看的,为北平来的几个朋友。我当夜十点钟就上了回青岛的火车。在站上车辆同建筑，一切皆围裹在细雨湿雾里。这一次同志摩见面，真算得是最后一次了。我的悲伤或者比他其余的朋友少一点，就只因为我见到的死亡太多了。我以为志摩智慧方面美丽放光处，死去了是不能再得的，固然十分可惜。但如他那种潇洒与宽容，不拘迂，不俗气，不小气，不势利，以及对于普遍人生万汇百物的热情，人格方面美丽放光处，他既然有许多朋友爱他崇敬他，这些人一定会把那种美丽人格移殖到本人行为上来。这些人理解志摩，哀悼志摩，且能学习志摩，一个志摩死去了，这世界不因此有更多的志摩了？

纪念志摩的唯一的方法，应当是扩大我们个人的人格，对世界多一分宽容，多一分爱。也就因为这点感觉，志摩死去了三年，我没有写过一句伤悼他的话。我希望的是志摩人虽死去了，精神还能活在他的朋友间的。

原载于一九三四年十一月二十一日《大公报·文艺副刊》

记蔡威廉①女士

似乎是民国十八年②左右,朋友胡也频先生丁玲女士两人,由上海迁往杭州葛岭住家。过不久两个人回到上海,行李中多了一张丁玲女士的半身油画像。那画颜色用得暗暗的,好像一个中年人的手笔。问及时,才知道是蔡威廉女士给画的。当时只听说她为人极忠厚老实。除教书外从不露面。画并无什么出奇惊人处,可是很稳静,毫无浮嚣气。人如其画,同样给人一个好印象。试想想,在一个国立艺术学校,教西洋画十年,除了学生此外几乎无人知道,不是忠厚老实,办得到办不到?现在说起谁人忠厚老实时,好像不知不觉就有了点

---

① 蔡威廉:中国近代教育家蔡元培长女,油画家、美术教育家,以肖像画闻名。
② 民国十八年:即1929年。

"无用"意思在内。可是对于一个艺术家，说起这点性格，却同"伟大"十分接近。正因一般艺术家给人的印象似乎是太不忠厚老实了。凡稍稍注意过中国艺术界情形的人，一定就还记得起二十年来的各种纠纷，以及各个人其所以出名露面的，或出国对客挥毫，用走江湖方式显其所长，或国内阿谀权贵，用拜老头子方式贡其所有。雇打手，作伪证，用心之巧，无所不至，谈话之多，在教育史艺术上亦属绝后空前。忠厚老实的艺术家，是一种如何稀有少见的人！若有人肯埋头努力，不求自见，十年如一，工作不懈，成就且不说，只看看那个态度，实不能不令人生敬佩之忱。所以当时丁玲女士就觉得她很好，很可爱，像一个理想艺术家。

那张画像虽出自一个忠厚老实艺术家的手笔，它的历史说起来却充满了浪漫性。第一次我看它挂在环龙路一个俄国妇人公寓里，正是丁玲写《在黑暗中》时节。第二次我看它挂在万宜坊某人家三楼，正是也频失踪前一日。到后隔了数年，丁玲女士忽然在上海失踪了，某个朋友记载这件事情时，曾提及这画像，说已连同许多信件画籍，已统被没收入官。可是过半年后，她被禁在南京陵附近狮子桥时，我去看望她，书房里却挂了那么一张大画像。谁还给她的，向谁讨回的，无人知道。

前年冬天我从北方回到湘西，住在沅陵。那时节南北两国立艺术专门学校刚好合并，也迁沅陵上课。我有个哥哥素称

第四章 念念故人情

好事，生平只要得人信托，托他做事，总极高兴帮忙。为代学校找木匠工人，忙来忙去，十分有趣。有一天，回来时却同我说："到南门街上××店铺里，看见一群孩子，很可爱也很可怜，不知从什么地方逃来的。住在那个坏地方，孩子们无人看管，在小天井泥水中玩。我问他：小东西，你是什么地方人？那孩子举起小手来就说，打你，打你。好，要打我，我怕了，好厉害！"哥哥说到后来说笑了。哥哥同我上街去，从那铺子经过时，正好遇着一群孩子同一个妇人出门，走过去一点，却遇见一个长头发先生，很像胡也频。我想起在上海某地方升降机旁见过文铮一面。试作招呼，果然是文铮。介绍后才知道女的就是蔡威廉，一群孩子是两个人的儿女。大家稍稍谈了一会儿，到城门边看看窑货，就分手了。我那哥哥知道是我熟人时，恐怕他们初来，吃什么都不方便，赶快为孩子们送了点小食去。看到孩子们都挤在一处，哥哥想，这不成，得换个住处才好。即自动为他们去找住处，正拟和一个姓白的交涉，租赁他那未完工的新房住。学校恰恰出了事，闹起风潮来了。一闹风潮，纠察队，打架队，以及什么古怪组织都一起出现，且闹风潮牵涉每一个教员，文铮自然也在内。教部派了一个陈先生来调停此事时，借用我家房子开会，有些学生竟分批装作写生，故意来到我家大门前作画，以便探听谁进谁出。我觉得这真是艺术家的玩意儿，沾惹不得，十分讨厌。中国各地方正有百万人在为国家打仗，许多家乡朋友亲戚，伤痕未愈,就即刻又出发向前,这些读书人来到后方,却打来闹去,实在看不惯。且明白纠纠纷纷,是非混淆,外边人毫无办法。很有几个艺术家疑心多,计策多,沾上去说不定还有人以为我也在内,要夺他们臭皮蛋!因此一来,同大家都不常见面,同文铮夫妇也只见过几次面。哥哥虽好客,且欢喜那一群孩子,不敢邀他们来玩了。

我当时对于威廉的印象,同十年前差不多。她样子很朴实,语言很少,正和她那画像相称。且以为朴实的人,朴实的工作,将来成就一定大。

到昆明来后,我们凑巧又成为邻居同住北门街。问及时,方知两夫妇都离开了艺专,失了业。其中经过情形并不明白,但总觉得古怪。文铮或和朋友意见不合,放下学校事不干。蔡女士为人那么忠厚老实,对人几乎可说无意见,对职务又那么热心认真,若非二三子有意作成,她决不会同这个学校离开。当局稍微肯为这个学校着想,肯为艺术着想,本人即辞职,也一定加以挽留,不许她离开。可是她竟然离开了学校。且据朋友传说,生活情形在沅陵时即已经很困难了的。但与两夫妇谈及学校时,她竟一句话不说。总好像贫穷是不什么可怕的,学校倒有点可惜。不过人家不要她教书了,她还是可以自己画画。为证明这点理想并不因离学校而受挫折,情形上就贴满了她为孩子们作的小幅精美速写。可是事实上也就有点麻烦了。房子那么小,大杂院那么乱,想安静作画是不可能的。初

第四章　念念故人情

来用人照例不合式，不上三天又走了，作主妇的就得为一家大小八口人做饭。五个孩子虽然都很乖，大的间或还能帮点小忙，提提水，炉子里加加炭，拌和稀饭，最忙的人自然还是主妇。并且腹中孩子已显然日益长大，到四五月间必将生产。我住处进出需从他们厨房楼下经过，孩子们一见我必大声招呼，我必同样向这些小朋友一一招呼。常常看到这个作母亲的，着了件宽博印花布袍子，背身向外，在那小锅小桌边忙来忙去听我和孩子招呼时，就转身对我笑笑，我心中总觉得很痛苦。生活压在这个人身上，实在太重了，微笑就是一种无可奈何的表示。意思想用微笑挪开朋友和自己那点痛苦，却办不到。

我每天早晚进出，还是依然同小朋友招呼。间或戏呼他家第三位黑而胖的小姐做"大块头"，问她爸爸妈妈好，出不出门玩。小孩子依然笑嘻嘻答应得很好。可是前两天听家里人说，才知道孩子的母亲，在家生产了一个小毛毛，已死去三天了。死的直接原因是产后发热，间接原因却是无书教，无收入，恐费用多担负不下，不能住医院生产，终于死去。人死了，剩下一堆画，六个孩子。

死下的完了，虽三十多岁却即志而没，有许多理想无从实现，但人已死去，无所关心，既不必为生活烦累，更不会受同行闲气，或比生前安适，也未可知。朋友们同情或不平，很显然都毫无意义，既不能帮助这个朋友重生，也不容易使这个社会转好。惟生者何以为生？行将堕入这种困境或已经到了同样情形的朋友，是哺糟啜醨随波逐流以作伪售奸，是改业跳槽经营小生意以糊口？艺术界方面二十年来我们饱看了一切人与人的斗争，用尽一切技巧，使用各种法术，名分上为的是理想，事业，事实上不外"饭碗"二字。真真在那里为艺术而致力，用勤苦与自己斗争，改正弱点，发现新天地，如蔡威廉那么为人，实在不多，末了却被穷病打倒，终于死去，想起来未免令人痛苦。

原载于一九三九年六月《新动向》第二卷第十期

不毁灭的背影

"其为人也,温美如玉,外润而内贞。"

旧人称赞"君子"的话,用来形容一个现代人,或不免稍稍迂腐。因为现代是个粗犷、夸侈、褊私、疯狂的时代。艺术和人生,都必象征时代失去平衡的颠簸,方能吸引人视听。"君子"在这个时代虽稀有难得,也就像是不切现实。惟把这几句作为佩弦先生①身后的题词,或许比起别的称赞更恰当具体。佩弦先生人如其文,可爱可敬处即在凡事平易而近人情,拙诚中有妩媚,外随和而内耿介,这种人格或性格的混和,在做人方面比文章还重要。经传中称的圣贤,应当是个什么样子,话很难说。但历史中所称许的纯粹君子,佩弦先生为人实已十分相近。

---

① 佩弦先生:即朱自清(1898—1948),字佩弦,中国散文家、诗人、古典文学学者,著有《背影》《欧游杂记》等。

我认识佩弦先生和许多朋友一样，从读他的作品而起。先是读他的抒情长诗《毁灭》，其次读叙事散文《背影》。随即因教现代文学，有机会作个进一步的读者。在诗歌散文方面，得把他的作品和俞平伯先生成就并提，作为比较讨论，使我明白代表五四初期两个北方作家：平伯先生如代表才华，佩弦先生实代表至性，在当时为同样有情感且善于处理表现情感。记得《毁灭》在《小说月报》发表时，一般读者反应，都觉得是新诗空前的力作，文学研究会同人也推许备至。惟从现代散文发展看全局，佩弦先生的叙事散文，能守住文学革命原则，文字明朗、素朴、亲切，且能把握住当时社会问题一面，贡献特别大，影响特别深。从民九[①]起，国家教育设计，即已承认中小学国文读本，必用现代语文作品。因此梁任公、陈独秀、胡适之、朱经农、陶孟和……诸先生在理论问题文中，占了教科书重要部门。然对于生命在发展成长的青年学生，情感方面的启发与教育，意义最深刻的，却应数冰心女士的散文，叶圣陶、鲁迅先生的小说，丁西林先生的独幕剧，朱孟实先生的论文学与人生信札，和佩弦先生的叙事抒情散文。在文学运动理论上，近二十年来有不断的修正，语不离宗，"普及"和"通俗"目标实属问题核心。真能理解问题的重要性，又能把握题旨，从作品上加以试验，证实，且

[①] 民九：即1920年。

第四章　念念故人情

得到有持久性成就的，少数作家中，佩弦先生的工作，可算得出类拔萃。求通俗与普及，国语文学文字理想的标准，是经济、准确和明朗，佩弦先生都若在不甚费力情形中运用自如，而得到极佳成果。一个伟大作家最基本的表现力，是用那个经济、准确、明朗文字叙事，这也就恰是近三十年有创造欲，新作家待培养、待注意，又照例疏忽了的一点。正如作家的为人，伟大本与素朴不可分。一个作家的伟大处，"常人品性"比"英雄气质"实更重要。但是在一般人习惯前，却常常只注意到那个英雄气质而忽略了近乎人情的厚重质实品性。提到这一点时，更让我们想起"佩弦先生的死去，不仅在文学方面损失重大，在文学教育方面损失更为重大"；冯友兰先生在棺木前说的几句话，十分沉痛。因为冯先生明白"教育"与"文运"同样实离不了"人"，必以人为本。文运的开辟荒芜，少不了一二冲锋陷阵的斗士，扶育生长，即必须一大群有耐心和韧性的人来从事。文学教育则更需要能持久以恒兼容并包的人主持，才可望工作发扬光大。佩弦先生伟大得平凡，从教育看远景，是唯有这种平凡作成一道新旧的桥梁，才能影响深远的。

我认识佩弦先生本人时间较晚，还是民十九①以后事。直

---

① 民十九：即1930年。

到民二十三[①]，才同在一个组织里编辑中小学教科书，隔二三天有机会在一处商量文字，斟酌取舍。又同为一副刊一月刊编委，每二星期必可集会一次，直到抗战为止。西南联大时代，虽同在一系八年，因家在乡下，除每星期上课有二三次碰头，反而不易见面。有关共事同处的愉快印象，照我私意说来，潘光旦、冯芝生、杨今甫、俞平伯四先生，必能有纪念文章写得更亲切感人。四位的叙述，都可作佩弦先生传记重要参考资料。我能说的印象，却将用本文起始十余字概括。

一个写小说的人，对人特别看重性格。外表轮廓线条与人不同处何在，并不重要。最可贵的是品性的本质，与心智的爱恶取舍方式。我觉得佩弦先生性格最特别处，是拙诚中的妩媚，即调和那点"外润而内贞"形成的趣味和爱好。他对事，对人，对文章，都有他自己意见，见得凡事和而不同，然而差别可能极小。他也有些小小弱点，即调和折衷性，用到文学方面时，比如说用到鉴赏批评方面，便永远具教学上的见解，少独具肯定性。用到古典研究方面，便缺少专断议论，无创见创获。即用到文学写作，作风亦不免容易凝固于一定风格上，三十年少变化，少新意。但这一切又似乎和他三十年主持文学教育有关。在清华、联大"委员制"习惯下任事太久，对所主持的一部门事务，必调和折衷方能进行，因之对个人工作为

---

① 民二十三：即1934年。

第四章　念念故人情

损失，对公家贡献就更多。熟人记忆中如尚记得联大时代常有人因同开一课，各不相下，僵持如摆擂台局面，就必然会觉得佩弦先生的折衷无我处，如何难能可贵！又良好教师和文学批评家，有个根本不同点：批评家不妨处处有我，良好教师却要客观，要承认价值上的相对性，多元性。陈寅恪、刘叔雅先生的专门研究，和最新创作上的试验成就，佩弦先生都同样尊重，而又出于衷心。一个大学国文系主任，这种认识很显然是能将新旧连接文化活用引导所主持一部门工作，到一个更新发展趋势上的。中国各大学的国文系，若还需要办下去，佩弦先生这点精神，这点认识，实值得特别注意，且值得当成一个永久向前的方针。

　　凡讨论现代中国文学过去得失的，总感觉到有一点困难，即顾此失彼。时间虽仅短短三十年，材料已留下一大堆。民二十四年①良友图书公司主持人赵家璧先生，印行新文学大系，欲克服这种困难和毛病，因商量南北熟人用分门负责制编选。或用团体作单位，或用类别作单位。最难选辑的是新诗。佩弦先生担任了这个工作，却又用的是那个客观而折衷的态度，不仅将各方面作品都注意到，即对于批评印象，也采用了一个"新诗话"制度辑取了许多不同意见。因之成为谈新诗一本最合理想的参考读物，且足为新文学选本取法。

---

① 民二十四年：即1935年。

佩弦先生的《背影》，是近二十五年国内年青学生最熟习的作品。佩弦先生的土耳其式毡帽和灰棉袍，也是西南联大同人记忆最深刻的东西。但这两种东西必须加在一个瘦小横横的身架上，才见出分量，——一种悲哀的分量！这个影子在我记忆中，是从二十三年[①]在北平西斜街四十五号杨宅起始，到"八一三"共同逃难天津，又从长沙临时大学饭厅中，转到昆明青云街四眼井二号，北门街唐家花园清华宿舍一个统舱式楼上。到这时，佩弦先生身边还多了一件东西，即云南特制的硬质灰白羊毛毡。（这东西和潘光旦先生鹿皮背甲，照老式制法上面还带点毛，冯友兰先生的黄布印八卦包袱，为本地孩子辟邪驱灾用的，可称联大三绝。）这毛毡是西南夷时代的氆氇，用来裹身，平时可避风雨，战时能防刀箭，下山时滚转而下还不至于刺伤四肢。昆明气候本来不太热太冷，用不着厚重被盖，佩弦先生不知从何时起床上却有了那么一片毛毡。因为他的病，有两回我去送他药，正值午睡方醒，却看到他从那片毛毡中挣扎而出，心中就觉得有种悲戚。想象他躺在硬板床上，用那片粗毛毡盖住胸腹午睡情形，一定更凄惨。那时节他即已常因胃病，不能饮食，但是家小还在成都，无人照顾，每天除了吃宿舍集团粗粝包饭，至多只能在床头前小小书桌上煮点牛奶吃吃。那间统舱式的旧楼房，一共住了八个单身教

[①] 二十三年：即1934年。

第四章　念念故人情

授,同是清华二十年同事老友,大家日子过得够寒伧,还是有说有笑,客人来时,间或还可享用点烟茶。但对于一个体力不济的病人,持久下去,消耗情形也就可想而知。房子还坍过一次墙,似在东边,佩弦先生幸好住在北端。

楼房对面是个小戏台,戏台已改作过道,过道顶上还有个小阁楼,住了美籍教授温特。阁楼梯子特别狭小曲折,上下都得一再翻转身体,大个子简直无希望上下。上面因陋就简,书籍、画片、收音机、话匣子,以及一些东南亚精巧工艺美术品,墙角梁柱凡可以搁东西处无不搁得满满的。屋顶窗外还特制个一尺宽五尺长木槽,种满了中西不同的草花。房中还有只好弄喜事的小花猫,各处跳跃,客人来时,尤其欢喜和客人戏闹。二丈见方的小阁楼,恰恰如一个中西文化美术动植物罐头,不仅可发现一民族一区域热情和梦想,痛苦或欢乐的式式样样,还可欣赏终日接受阳光生意盎然的花草,陶融于其中的一个老人,一只小猫,佩弦先生住处一面和温特教授小楼相对,另一面有两个窗口,又恰当去唐家花园拜墓看花行人道的斜坡,窗外有一簇绿荫荫的树木,和一点芭蕉一点细叶紫干竹子。有时还可看到斜坡边栏干砖柱上一盆云南大雪山种华美杜鹃和白山茶,花开得十分茂盛,寂静中微见凄凉,雨来时风起处一定能送到房中一点簌簌声和淡淡清远香味。

那座戏楼,那个花园,在民初元恰是三十岁即开府西南,统领群雄,反对帝制,五省盟主唐继尧将军的私产。蔡松坡、

227

梁任公，均曾下榻其中。迎宾招贤，举觞称寿，以及酒后歌余，月下花前散步赋诗，东大陆主人的豪情胜概，历史上动人情景，犹恍惚如在目前。然前后不过十余年，主要建筑即早已赁作美领事馆办公处，终日只闻打字机和无线电收音机声音。戏楼正厅及两厢，竟成为数十单身流亡教授暂时的栖身处，池子中一张长旧餐桌上放了几份报，一个不美观破花瓶，破烂萧条恰像是一个旧戏院的后台。戏台阁楼还放下那么一个"鸡尾"式文化罐头。花园中虽经常尚有一二十老花匠照料，把园中花木收拾得很好，花园中一所房子中，小主人间或还在搁有印缅总督，边疆土司，及当时权要所送的象牙铜玉祝寿礼物堆积客厅中，款待客人，举行小规模酒筵舞会，有乐声歌声和行酒欢呼笑语声从楼窗溢出，打破长年的寂静。每逢云南起义日，且照例开放墓园，供市民参观拜谒。凡此都不免更使人感到"一切无常，一切也就是真正历史"。这历史，照例虽存在却不曾保留下来，保留下来的倒常常是"不见马家宅，今作奉诚园"诗人黍离的感慨！就在那么一种情形下，《毁灭》与《背影》作者，站在住处窗口边，没有散文没有诗，默默的过了六年。这种午睡刚醒或黄昏前后镶嵌到绿荫荫窗口边憔悴清瘦的影子，在同住七个老同事记忆中，一定终生不易消失。

在那个住处窗口边，佩弦先生可能会想到传道书所谓"一切虚空"，也可能体味到庄子名言："大块赋我以形，劳我

第四章　念念故人情

以生，佚我以老，息我以死。"因为从所知道的朋友说来，他实在太累了，体力到那个时候，即已消耗得差不多了。佩弦先生本来还并未老，精神上近年来且表现得十分年青。但是在公家职务上，和家庭担负上，始终劳而不佚，得不到一点应有的从容，就因劳而病死了。

广济寺下院砖塔顶扬起的青烟，这两天可能已经熄灭了。能毁灭的已完全毁灭。但是佩弦先生的人与文，却必然活到许多人生命中，比云南唐府那座用大理石砌就的大坟还坚实永久。

八月十九日西郊

原载于一九四八年八月二十八日《新路》周刊第一卷第十六期

我所见到的司徒乔先生

我初次见司徒乔先生，是在半个世纪以前。记得约在一九二三年，我刚到北京的第二年，带着我的那份乡下人模样和一份求知的欲望，和燕京大学的一些学生开始了交往。最熟的是董景天，可说是最早欣赏我的好友之一人。常见的还有张采真、焦菊隐、顾千里、刘潜初、韦丛芜、刘廷蔚等等。当时的燕京大学校址在盔甲厂。一次，在董景天的宿舍里我见到了司徒乔。他穿件蓝卡机布旧风衣，随随便便的，衣襟上留着些油画色彩染上的斑斑点点，样子和塞拉西皇帝[①]有些相通处。这种素朴与当时燕京的环境可不大协调，因为洋大学生是多半穿着洋服的。若习文学，有的还经常把一只手插在大衣襟

---

① 塞拉西皇帝：即海尔·塞拉西一世（1892—1975），埃塞俄比亚帝国末代皇帝。

第四章 念念故人情

缝中作成拜伦诗人神气。还有更可笑处,就是只预备写诗,已印好了加有边款"××诗稿"信笺的这种诗人。我被邀请到他的宿舍去看画。房中墙上、桌上,这里,那里,到处是画,是他的素描速写。我没受到西洋画训练,不敢妄加评论。静物写生,我没有兴趣,却十分注意他的人物速写。那些实实在在、平凡、普通、底层百姓的形象,与我记忆中活跃着的家乡人民有些相像又有些不同,但我感到亲切,感到特别大的兴趣,因为他"所画"的正是我"想写"的旧社会中所谓极平常的"下等人"。第一次见面,司徒乔给我的印象就极好。我喜欢他为人素朴,我还喜欢他墙上桌上的那些画。

不久,一九二四年大革命爆发,燕京中熟人不少参加革命去了武汉、广州。我却仍在北京过那种不易生活的"职业作家"的生活。他们来信邀我去武汉,我当时工作刚刚打下基础,以为去上海或许更合式一些。到一九二八、二九年间,因国共破裂,武汉局势动荡极大,不少熟人没有在这种白色大恐怖中牺牲的,多陆续来到上海聚合了。在重聚的人中,除董景天、张采真等,还有司徒乔。这位年青的画家,仍然是那个素朴的样子,他为我们带回了不少作品。对他的人和画,一九二八年我在《司徒乔君吃的亏》一文中曾写道:

> 此时的中国,各样的艺术,莫不是充满了权势,虚伪,投机取巧的种种成分,那里容得下所谓诚

实？……

在一种无望无助中，他把每一个日子都耗费到为长于应世的"高明人"所不为的实际努力下了。没有颜料则用油去剥洗锡管中剩余红绿，没有画布则想法子用所有可当的衣物去换取，仍然作成了许多很好的作品，这傻处是我想介绍给大家知道的。我们若相信一个好的时代会快来，要这时代迈开脚步走近我们，在艺术上就似乎还需要许多这样傻子，才配合得上时代需要！

一种了解，一种认识，从了解与认识中产生出一点儿真实同情，从了解与认识中得到一点儿愉快，这在他，是已算很满意了！

因为那时的上海"艺术家"，多流行长头发、黑西服、大红领结，以效仿法国派头为时髦乐事。艺术家还必须得善交际，会活动，才吃得开。司徒乔的素朴与这种流行风尚不免格格不入。我却推崇他的实践态度，以为难得可贵。在我看来，文学与绘画是同样需要这种素朴诚实，不装模作样，不自外于普通人的生活，才能取得应有进展的。我对司徒乔已不仅是喜欢，而是十分钦佩了。

一九三三年我从青岛大学到北京工作，又有机会见到了司徒乔先生。当时他住在什刹海冰窖胡同，已经结婚。经过社

第四章　念念故人情

会的大动荡，重又相见，彼此感觉格外亲热。谈话间自然要欣赏他的新作。生活虽从无安定，他的画却已愈见成熟。不久他就主动提出要为我画张像，留个纪念，约好在北海"仿膳"一个角落作画。到时他果然带了画具赴约，一连三个半天，他极认真地为我画了张二尺来高半身肖像。是粉彩画。朋友们都说画得好，不仅画得极像，且十分传神。他自己也相当满意，且说，此生为泰戈尔画过像，为周氏兄弟画过像，都感到满意，此像为第四回满意之作。他的热情令我感动，这幅肖像成为一件纪念品，好好保存在我的身边。

卢沟桥事变后，清华、北大、南开组成西南联大，在昆明集中。司徒乔先生为我画的肖像随同我到了昆明，整整八年，抗战胜利后，我随北大迁回北京，仍旧带着这幅十分珍贵的画像。听说司徒乔先生也回到了北京，在西郊卧佛寺附近买了所小小的画室。我和家中人去拜访他，见到了相隔十多年的老友和他这段时期的许多作品。给我印象最深处，是他还始终保持着原来的素朴、勤恳的工作态度。他不声不响的，十分严肃的把自己当成人民中的一员去接近群众，去描绘现实生活中被压迫的底层人物，代他们向那个旧社会提出无言的控诉。他依旧保留着他的诚实和素朴。这诚实，这素朴，却是多年来一直为我所钦佩和赞赏的。而在同时"艺术家"中，却近于稀有少见的品质。

司徒乔先生经历了无数挫折，到了可以好好为他热爱的

233

祖国人民作画的新社会，却过早地被病魔夺去了生命。他为我画的肖像，在"文化大革命"中也失去了！永远不会失去的，将是许多崇敬喜爱他的人对他的记忆！他的工作态度既曾经影响到我的工作，也还必将为更多的人所学习。他在世时从没有过什么得意处，也没有赫赫显要的名声，但他虽死犹生。他给我的最初印象至今还不曾淡漠，永远不会淡漠的！

一九八〇年

原载于一九八〇年十月《中国建设》第二十九卷第十期

忆翔鹤

——二十年代前期同在北京我们一段生活的点点滴滴

一九二三年秋天，我到北京已约一年，住在前门外杨梅竹斜街"酉西会馆"侧屋一间既湿且霉的小小房间中，看我能看的一些小书，和另外那本包罗万有用人事写成的"大书"，日子过得十分艰苦，却对未来充满希望。可是经常来到会馆看望我的一个表弟，先我两年到北京的农业大学学生，却担心我独住在会馆里，时间久了不是个办法。特意在沙滩附近银闸胡同一个公寓里，为我找到一个小小房间，并介绍些朋友，用意是让我在新环境里多接近些文化和文化人，减少一点寂寞，心情会开朗些。住处原是个贮煤间。因为受五四影响，来京穷学生日多，掌柜的把这个贮煤间加以改造，临时开个窗口，纵横钉上四根细木条，用高丽纸糊好，搁上一个小小写字桌，装上一扇旧门，让我这么一个体重不到一百磅的乡下佬住下。我为这个仅可容膝安身处，取了一个既符合实际又略带穷秀才酸味的名称,"窄而霉小斋",就泰然坦然住下来了。生活虽还近于无望无助的悬在空中,气概倒很好,从不感到消沉气馁。给朋友印象,且可说生气虎虎,憨劲十足。主要原因,除了我在军队中照严格等级制度,由班长到军长约四十级的什么长,具体压在我头上心上的沉重分量已完全摆脱,且明确意识到是在真正十分自由的处理我的当前,并创造我的未来。此外还有三根坚固结实支柱共同支撑住了我,即"朋友"、"环境"和"社会风气"。

原来一年中,我先后在农业大学、燕京大学和北京大学,就相熟了约三十个人。农大的多属湖南同乡。两间宿舍共有十二个床位,只住下八个学生,共同自办伙食,生活中充满了家庭空气。当时应考学农业的并不多,每月既有二十五元公费,学校对学生还特别优待。农场的蔬菜瓜果,秋收时,每一学生都有一份。实验农场大白菜品种特别好,每年每人可分一二百斤,一齐埋在宿舍前砂地里。千八百斤大卷心菜,足够三四个月消费。新引进的台湾种矮脚白鸡,用特配饲料喂养。下蛋特别勤,园艺系学生,也可用比市场减半价钱,每月分配一定分量。我因表弟在农大读书,早经常成为不速之客,留下住宿三五天是常有事。还记得有一次雪后天晴,和郁达夫先生、陈翔鹤、赵其文共同踏雪出平则门,一直走到罗道庄,在学校吃了一顿饭,大家都十分满意开心。因为上桌的菜有来自苗乡山城的鹌鹑和胡葱酸菜,新化的菌子油,汉寿石门的风鸡风鱼，在北京任何饭馆里都吃不到的全上了桌子。

这八个同乡不久毕业回转家乡后，正值北伐成功，因此其中六个人，都成了县农会主席，过了一阵不易设想充满希望的兴奋热闹日子，马日事变倏然而来，便在军阀屠刀下一同牺牲了。

第二部分朋友是老燕京大学的学生。当时校址还在盔甲厂，由认识董景天（即董秋斯）开始。董原来正当选学生会主席，照习惯，即兼任校长室的秘书。初到他学校拜访时，就睡在他独住小楼地板上，天上地下谈了一整夜。第二天他已有点招架不住，我还若无其事。到晚上又继续谈下去，直到三夜，把他几乎拖垮，但他对我却已感到极大兴趣，十分满意。于是由董景天介绍先后认识了张采真、司徒乔、刘廷蔚、顾千里、韦丛芜、于成泽、焦菊隐、刘潜初、樊海珊等人。燕大虽是个教会大学，可是学生活动也得到较大便利。当北伐军到达武汉时，这些朋友多已在武汉工作。不久国共分裂，部分还参加了广州暴动。牺牲了一半人。活着的陆续逃回上海租界潜伏待时。一九二八——二九年左右，在景天家中，我还有机会见到张采真、刘潜初等五六人多次，谈了不少武汉前后情况，和广州暴动失败种种。（和斯沫特莱①相识，也是在董家。）随

---

① 斯沫特莱：今译"史沫特莱"，美国著名记者、作家和社会活动家，著有《大地的女儿》《中国人民的命运》《中国红军在前进》等。

后不久,这些朋友就又离开了上海,各以不同灾难成了"古人"。解放后,唯一还过从的,只剩下董景天一人。我们友谊始终极好。我在工作中的点滴成就,都使他特别高兴。他译的托尔斯泰名著,每一种印出时,必把错字一一改正后,给我一册作为纪念。不幸在我一九七一年从湖北干校回京时,董已因病故去二三月了。真是良友云亡,令人心痛。

第三部分朋友,即迁居沙滩附近小公寓后不多久就相熟了许多搞文学的朋友。湖南人有刘梦苇、黎锦明、王三辛……四川人有陈炜谟、赵其文、陈翔鹤,相处既近,接触机会也更多。几个人且经常同在沙滩附近小饭店共食。就中一部分是北大正式学生,一部分和我情形相近,受了点五四影响,来到北京,为继续接受文学革命熏陶,引起了一点幻想童心,有所探索有所期待而来的。当时这种年轻人在红楼附近地区住下,比住东西二斋的正规学生大致还多数倍。有短短时期就失望离开的,也有一住三年五载的,有的对于文学社团发生兴趣,有的始终是单干户。共同影响到三十年代中国新文学,各有不同成就。

近人谈当时北大校长蔡元培先生的伟大处时,多只赞美他提倡的"学术自由",选择教师不拘一格,能兼容并包,具有远见与博识。可极少注意过学术思想开放以外,同时对学校大门也全面敞开,学校听课十分自由,影响实格外深刻而广泛。这种学习方面的方便,以红楼为中心,几十个大小公寓,

第四章　念念故人情

所形成的活泼文化学术空气，不仅国内少有，即在北京别的学校也希见。谈二十世纪二十年代北大学术上的自由空气，必须肯定学校大门敞开的办法，不仅促进了北方文学的成就，更酝酿储蓄了一种社会动力，影响到后来社会的发展。因为当时五四虽成了尾声，几个报纸副刊，几个此兴彼起的文学新社团，和大小文学刊物，都由于学生来自全国，刊物因之分布面广，也具有全国性。

我就是在这时节和翔鹤及另外几个朋友相识，而且比较往来亲密的。记得炜谟当时是北大英文系高材生，特别受学校几位名教师推重，性格比较内向，兴趣偏于研究翻译，对我却十分殷勤体贴。其文则长于办事，后来我在《现代评论》当发报员时，其文已担任经理会计一类职务。翔鹤住中老胡同，经济条件似较一般朋友好些，房中好几个书架，中外文书籍都比较多，新旧书分别搁放，清理得十分整齐。兴趣偏于新旧文学的欣赏，对创作兴趣却不大。三人在人生经验和学识上，都比我成熟得多，但对于社会这本"大书"的阅读，可都不如我接触面广阔，也不如我那么注意认真仔细。正因为我们性情经历上不同处，在相互补充情形下，大家不只谈得来，且相处极好。我和翔鹤同另外一些朋友就活在二十年代前期，这么一个范围窄狭生活中，各凭自己不同机会、不同客观条件和主观愿望，接受所能得到的一份教育，也影响到后来各自不同的发展，有些近于离奇不经的偶然性，有些又若有个规律，可以于事后贯串起来成一条线索，明白一部分却近于必然性。

因为特别机会，一九二五——二六年间，我在香山慈幼院图书馆作了个小职员，住在香山饭店前山门新宿舍里。住处原本是清初泥塑四大天王所占据，香山寺既改成香山饭店，学生用破除迷信为理由，把彩塑天王捣毁后，由学校改成几间单身职员临时宿舍。别的职员因为上下极不方便，多不乐意搬到那个宿舍去。我算是第一个搬进的活人。翔鹤从我信中知道这新住处奇特环境后，不久就充满兴趣，骑了毛驴到颐和园，换了一匹小毛驴，上香山来寻幽访胜，成了我住处的客人，在那简陋宿舍中，和我同过了三天不易忘却的日子。"双清"那个悬空行宫虽还有活人住下，平时照例只两个花匠看守。香山饭店已油漆一新，挂了营业牌子，当时除了四个白衣伙计管理灯水，还并无一个客人。半山亭近旁一系列院落，泥菩萨去掉后，到处一片空虚荒凉，白日里也时有狐兔出没，正和《聊斋志异》故事情景相通。我住处门外下一段陡石阶，就到了那两株著名的大松树旁边。我们在那两株"听法松"边畅谈了三天。每谈到半晚，四下一片特有的静寂，清冷月光从松枝间筛下细碎影子到两人身上，使人完全忘了尘世的纷扰，但也不免鬼气阴森，给我们留下个清幽绝伦的印象。所以经过半个世纪，还明明朗朗留在记忆中，不易忘却。解放后不久，翔鹤由四川来北京工作，我们第一次相见，提及香山旧事，他

第四章　念念故人情

还记得我曾在大松树前，抱了一面琵琶，为他弹过《梵王宫》曲子。大约因为初学，他说，弹得可真蹩脚，听来不成个腔调，远不如陶潜挥"无弦琴"有意思。我只依稀记得有这么一件乐器，至于曲调，大致还是从刘天华先生处间接学来的。这件乐器，它的来处和去踪，可通通忘了。

翔鹤在香山那几天，我还记得，早晚吃喝，全由我下山从慈幼院大厨房取来，只是几个粗面冷馒头，一碟水疙瘩咸菜。饮水是从香山饭店借用个洋铁壶打来的。早上洗脸，也照我平时马虎应差习惯，若不是从"双清"旁山溪沟里，就那一线细流，用搪瓷茶缸慢慢舀到盆里，就得下山约走五十级陡峻石台阶，到山半腰那个小池塘旁石龙头口流水处，挹取活泉水对付过去。一切都简陋草率得可笑惊人。一面是穷，我还不曾学会在饮食生活上有所安排，使生活过得像样些。另一面是环境的清幽离奇处，早晚空气都充满了松树的香味，和间或由"双清"那个荷塘飘来的荷花淡香。主客间所以都并不感觉到什么歉仄或生活上的不便，反而觉得充满了难得的野趣，真是十分欢快。使我深一层认识到，生长于大都市的翔鹤，出于性情上的熏染，受陶渊明、嵇康作品中反映的洒脱离俗影响实已较深；和我来自乡下，虽不欢喜城市却并不厌恶城市，入城虽再久又永远还像乡巴佬的情形，心情上似同实异的差别。因此正当他羡慕我的新居环境像个"洞天福地"，我新的工作从任何方面说来也是难得的幸运时，我却过不多

241

久，又不声不响，抛下了这个燕京二十八景之一的两株八百年老松树，且并不曾正式向顶头上司告别，就挟了一小网篮破书，一口气跑到静宜园宫门口，雇了个秀眼小毛驴，下了山，和当年鲁智深一样，返回了"人间"。依旧在那个公寓小窝里，过我那种前路茫茫穷学生生活了。生活上虽依旧毫无把握，情绪上却自以为又得到完全自由独立，继续进行我第一阶段的自我教育。一面阅读我所能到手用不同文体写成的新旧文学作品，另一面更充满热情和耐心，来阅读用人事组成的那本内容无比丰富充实的"大书"了。在风雨中颠簸生长的草木，必然比在温室荫蔽中培育的更结实强健。对我而言，也更切合实际。个人在生活处理上，或许一生将是个永远彻底败北者，但在工作上的坚持和韧性，半个世纪来，还像对得起这个生命。这种坚毅持久、不以一时成败得失而改型走样，自然包括有每一阶段一些年岁较长的友好，由于对我有较深认识、理解而产生无限同情和支持密切相关。回溯半世纪前第一阶段的生活和学习，炜谟、其文和翔鹤的影响，显明在我生长过程中，都占据一定位置。我此后工作积累点滴成就，都和这份友谊分不开。换句话说，我的工作成就里，都浸透有几个朋友淡而持久古典友谊素朴性情人格一部分。后来生活随同社会发展中，经常陷于无可奈何情形下，始终能具一种希望信心和力量，倒下了又复站起，当十年浩劫及身时，在湖北双溪，某一时血压高达二百五十度，心目还不眩瞀失去节度，总还

第四章　念念故人情

觉得人生百年长勤，死者完事，生者却宜有以自励。一息尚存，即有责任待尽！这些故人在我的印象温习中，总使我感觉到生命里便回复了一种力量和信心。所以翔鹤虽在十年浩劫中被折磨死去了，在我印象中，却还依旧完全是个富有生气的活人。

一九八〇年八月十日作于北京

原载于一九八〇年十一月《新文学史料》第四期

图书在版编目（CIP）数据

我的心涂上了月的光明 / 沈从文著. -- 成都：天地出版社, 2025. 8. -- ISBN 978-7-5455-6457-0

Ⅰ. I216.2

中国国家版本馆CIP数据核字第2025XG3937号

WO DE XIN TU SHANG LE YUE DE GUANGMING
我的心涂上了月的光明

出 品 人	陈小雨　杨　政
作　　者	沈从文
责任编辑	张诗尧
责任校对	杨金原
封面设计	V　霄
责任印制	王学锋

出版发行	天地出版社
	（成都市锦江区三色路238号　邮政编码：610023）
	（北京市方庄芳群园3区3号　邮政编码：100078）
网　　址	http://www.tiandiph.com
电子邮箱	tianditg@163.com
经　　销	新华文轩出版传媒股份有限公司

印　　刷	北京天宇万达印刷有限公司
版　　次	2025年8月第1版
印　　次	2025年8月第1次印刷
开　　本	880mm×1230mm 1/32
印　　张	8
字　　数	153千字
定　　价	48.00元
书　　号	ISBN 978-7-5455-6457-0

版权所有◆违者必究

咨询电话：（028）86361282（总编室）
购书热线：（010）67693207（营销中心）

如有印装错误，请与本社联系调换